POÉSIES.

Imprimerie de H. Vrayet de Surcy et Cⁱᵉ, rue de Sèvres, 37.

QUELQUES HEURES

D'UN

CURÉ DE CAMPAGNE

POÉSIES

Tu es patientia mea, Domine, Domine,
spes mea a juventute mea.   Ps. LXX.

PRIX : 1 FR. 50 CENT.

PARIS

A LA LIBRAIRIE DE L. CURMER

RUE RICHELIEU, 49

—

1845

QUELQUES HEURES

D'UN CURÉ DE CAMPAGNE.

Poésies.

VERSAILLES.

O bocages où l'art épuisa sa puissance,
Souvent vous m'avez vu me perdre en vos détours !
M'éloignant des plaisirs et de folles amours,
J'allais en votre sein me nourrir du silence.

De sublimes pensers vous frappiez mes esprits.
Est-ce là, me disais-je, un séjour où la gloire
Se montrait toute belle aux mortels éblouis ?
On le disait rempli des dons de la victoire.

En ces lieux où l'oiseau goûte le doux repos,
Mon aïeul entendit une foule innombrable.
Sa marche ressemblait au bruit confus des flots,
Et des bords de la mer elle égalait le sable.

Au sortir des combats, de généreux guerriers
Venaient y recueillir l'amour de leur patrie,
Y sentir l'air natal, assis sous des lauriers :
Les Muses y chantaient leur mépris pour la vie.

Beaux souvenirs! l'artiste accourait admirer
Un marbre où revivaient et la fable et l'histoire,
Et l'enfant du génie aimait à respirer
Où des siècles fameux il retrouvait la gloire.

Talents, puissance, bruit, qu'êtes-vous devenus?
Devant le vrai Seigneur, le maître du tonnerre,
Ces mortels tant vantés sont tombés abattus :
Leur gloire, eau fugitive, a disparu sous terre.

Tu ravis mes regards, magnifique palais!
Es-tu le rendez-vous de plusieurs Rois du monde?
Les vois-tu, convoquant leurs plus nobles sujets,
Proclamer leur pouvoir sur la terre et sur l'onde?

Quelle puissante main posa tes fondements?
Ah! temple de nos dieux, ouvre-moi tes cent portes!
Que j'arrive à l'autel où fume leur encens,
Drapeaux, annoncez-les, marchez fières cohortes!

Tout se tait... Montre donc tes maîtres, leur grandeur!
Hélas! la mort ici n'a point vu de barrière ;
Elle sèche le bras qui sème la terreur,
Prend les Rois, leur couronne, et les change en poussière.

Parle donc à mon âme, ô belle vérité :
Dieu seul offre aux humains un asile durable ;
Puisque sa voix m'appelle à l'immortalité,
Je tendrai vers son trône : il est seul immuable.

A MON PÈRE NOURRICIER.

Toi dont les pleurs coulaient quand tu serrais ma main,
    O toi dont la vieillesse
Fut un beau soir promis par un riant matin,
Cinq ans, à tes côtés, j'ai goûté la tendresse !

Je partageais ton lit, ta table et ton bonheur,
    Je t'appelais mon père ;
Sous ton toit, tout m'aimait : ta fille était ma sœur,
J'embrassais ton épouse en la nommant ma mère.

Je me mêlais aux jeux des enfants du hameau :
    Je te voyais sourire ;
Du petit bataillon, quel était le plus beau ?
Moi.... sensible vieillard, je te l'entendais dire.

T'accompagnais-je aux lieux témoins de ton labeur,
    J'errais sur la colline ;
Des raisins les plus mûrs j'éprouvais la douceur ;
Souvent je m'égarais dans la vigne voisine.

Ta voix frappant l'écho me rappelait à toi ;
    J'accourais, le visage
Humide encor des pleurs que fait couler l'effroi :
Je devenais prudent après un court orage.

Mais, quand l'ombre du soir finissait ton travail,
    Quand Licide, ta fille,
Ramenait les brebis à leur humble bercail,
Quand la chaumière enfin revoyait ta famille,

Je voulais bégayer le retour du repos,
    Je palpitais de joie :
Avec toi, je chantais le doux soin des troupeaux ;
Je louais le Seigneur des biens qu'il nous envoie.

Moments si fugitifs! doux moments où l'amour
    Accueillait ma mémoire,
Moments où des genoux me portaient tour à tour ;
Que j'aime à les redire en ma petite histoire!

Souvent je retenais l'innocente brebis.
    De ta blanche génisse
Si les pieds s'agitant foulaient les prés fleuris.
Fuyait-elle aux abois d'une légère lice.

Ton regard éloignait ma première terreur.
    J'avais l'âme ravie.
De la lice avec bruit je stimulais l'ardeur,
J'appelais en riant sa timide ennemie.

Bien des fois, vers le soir, je prenais en jouant
    Sa mamelle pendante :
Le paisible animal épargnait un enfant :
Licide soutenait ma main faible et tremblante.

Quelle pure allégresse aux beaux jours du Seigneur ! *
      L'habitant du village
Par un peu de parure exprimait son bonheur ;
La blancheur de ma robe embellissait mon âge.

Toujours, ô Philémon, ta main guidait mes pas
      Au lieu de la prière :
Vers la croix consolante étendant ses vieux bras,
Le pasteur appelait la paix sur la chaumière.

Voyais-tu les tombeaux de tes simples aïeux,
      Tu priais, et des larmes,
Fruit de longs souvenirs, s'échappaient de tes yeux ;
Tu priais ; ta figure avait de nouveaux charmes.

Un moment, comme toi, je pliais les genoux ;
      Puis, dans cette retraite
Où le fils pleure un père et l'épouse un époux ;
Ton jeune compagnon se donnait une fête.

Errant de tombe en tombe, il recherchait la fleur
      Qui se cache à Zéphyre,
Il aimait avec toi respirer son odeur :
Pour son léger travail il avait un sourire.

Sous les pas du jeune âge ainsi naissent les jeux :
      Il a, dès qu'il sommeille,

* Année 1803. Les Églises venaient de se rouvrir

Autour de son berceau, mille songes heureux,
Il les retrouve encor quand le jour le **réveille**.

Toi qui m'as inspiré de si doux souvenirs,
    O toi, mon second père,
Tout à l'heure entouré de mes premiers plaisirs,
Il me semblait te voir et courir à ma mère.

Vous m'embrassiez : ma sœur, je la voyais aussi :
    L'honneur de son village,
Mon père, à mon aspect, paraissait rajeuni,
Et des larmes de joie arrosaient son visage.

Délicieuse erreur! Quand commence le cours
    Du temps que Dieu dispense,
D'abord, comme l'année, il offre de beaux jours,
Il est comme la fleur, il brille à sa naissance.

Bon vieillard, tendre mère, hélas! vous n'êtes plus!
    A la riante rive,
A votre humble chaumière, aux champs que j'ai connus
L'autre jour, mais en vain, parlait ma voix plaintive.

L'écho seul répéta des noms chers à mon cœur;
    Mon hameau, ma patrie,
Pour la première fois ne fit plus mon bonheur,
Et je pleurai moi-même où l'on pleure la vie.

MON ENFANCE

ou

SOUVENIRS.

Près du berceau d'un fils absent
La mère s'arrête et soupire :
Il l'y nommait en s'éveillant,
Il l'accueillait par un sourire.

Le voyageur, avec amour,
Dépeint les lieux où son enfance
Brilla, disparut, fleur d'un jour :
Là revole son espérance.

Las de son exil et des vents,
Toujours le nautonier regrette
Sa nacelle, ses jeunes ans,
Ou de son père la houlette.

Ainsi, dans ce vallon de pleurs,
L'homme a besoin de sa mémoire ;
Du présent il fuit les douleurs,
Il chérit du passé l'histoire.

Puisque vous savez soulager,
O souvenirs, je vous appelle,
Venez près de moi voltiger.
Venez, soyez l'ami fidèle !

Il est un temps où les plaisirs
Abondent, comme en la prairie
La sœur fragile des zéphyrs :
Alors on arrive à la vie.

La peine alors est d'un instant.
Elle fuit sans laisser de trace,
Ainsi sur l'eau, vole un doux vent,
Son aile effleure sa surface.

Un hameau vit mes premiers jeux :
Cinq ans, auprès d'une nourrice
Je fus aimé, je fus heureux,
Car à l'enfant tout est propice.

Tout lui sourit : je n'apprenais
Que ce qu'inspire une caresse ;
Petit roi, j'avais des sujets :
Je les devais à la tendresse.

Trop promptes seront les douleurs,
On les épargne au premier âge ;
Le voit-on répandre des pleurs,
Des baisers couvrent son visage.

La famille avait un troupeau,
Je m'en disais aussi le maître :
Mon plus doux bien, mon tendre agneau,
Il me semble le reconnaître.

Erreur charmante ! je crois voir
Joyeuses, regagner l'étable
Ces deux génisses qui, le soir,
De leurs dons ornaient notre table.

De mon père, vieux compagnon,
Medor, tu faisais mes délices,
Tu me léchais, ami trop bon,
Même en supportant mes caprices

J'aimais à gravir le côteau,
Soutenu par une main chère.
J'aimais m'asseoir près du ruisseau,
Sous les yeux de ma bonne mère.

Il m'était doux, en la saison
Où la nature reprend vie,
De poursuivre le papillon,
D'avoir la fleur fraîche cueillie.

Il m'était doux de fredonner
De mon hameau la chansonnette :
J'étais joyeux si du berger
Ma bouche essayait la musette.

Ah ! combien d'autres agréments
Ont encore orné mon enfance ;
Le rêve de ses courts instants
Me charme comme une espérance.

Du vice il n'a point les regrets ;
Il me montre au moins dans la vie
Quelques beaux jours, quelques attraits .
Et suspend ma mélancolie.

Il a le pouvoir d'embellir
La plus paisible des retraites ;
Aux champs me suit un souvenir :
L'enfance m'y donna ses fêtes.

LE SIÉGE DE VERDURE

OU

MON PÈRE.

J'erre souvent au sein des bois :
L'âme pure en fait sa patrie.
L'oiseau nous y donne sa voix.
L'esprit y suit sa rêverie.

Un surtout fixe mon amour :
Oui j'en chéris le voisinage ,
Et j'y vais goûter , chaque jour.
La paix ou le frais de l'ombrage.

J'y trouve un siége de gazon .
Je m'y suis assis prés d'un père :
L'air, le silence et la saison .
Tout paraissait vouloir nous plaire.

Au fond de l'âme un doux plaisir
M'avertissait de sa présence :
J'étais avide de saisir
Un bien plus cher aprés l'absence.

A ce mortel j'eusse voulu
Donner un reste de jeunesse ,
Pour moi seul, si je l'avais pu .
J'eusse pris toute sa vieillesse.

J'aimais à suivre son regard ,
De la vertu miroir fidèle :
J'aimais me dire : ô bon vieillard ,
Dieu te couvrira de son aile.

Le pilote, dans son repos,
Mille fois redit ses naufrages :
Souvent il croit revoir les flots ,
Il entend siffler les orages.

Aux jours remplis par la douleur
Un secret penchant nous ramène :
Plus vif est l'éclat du bonheur
Dès qu'on le met près de la peine.

Aussi, sous l'ombre et près d'un fils ,
Mon père revenait sans cesse
Aux faux biens , aux frêles appuis
Que donne un séjour de tristesse.

Victime de temps malheureux ,
Il me montrait sur cette terre
L'impie et ses fils orgueilleux ,
L'innocence dans la misère.

Toujours fidèle à l'Éternel,
Toujours ami de sa patrie,
Au lieu d'exil pleurait Daniel,
Il abhorrait un culte impie.

De même, à l'âge où les plaisirs
Livrent une cruelle guerre,
Mon père portait ses désirs
Bien au-delà de cette terre.

Il y rechercha la candeur,
Il n'y rencontra qu'artifice ;
Il reconnut son faux bonheur,
Il la nomma séjour du vice.

Quittant l'appui d'un bras mortel,
Il apprit sans peine à ses charmes
Que la prière vient du ciel
Adoucir ou sécher nos larmes.

O toi qu'appellent les heureux,
Toi qui soulages la misère,
Compagne du cœur généreux,
Douce amitié, tu fus sa mère !

Par toi, le désert se remplit,
Par toi, la fleur semble plus belle ;
L'air est plus doux dès que sourit
De nos vœux le témoin fidèle.

Oui, tu t'offris pleine d'attraits
A ce mortel que mon cœur aime :
« Comme, dit-il, on sent la paix
« Assis près d'un autre soi-même !

« J'en eus un... que n'ai-je pu voir
« Sur ses genoux ma tendre race !
« Je l'eus un jour ; mais vint le soir ;
« Au ciel il avait pris sa place.

« Pourquoi fuyez-vous, ô moments
« Dont le bonheur fut le partage ?
« Laissez s'échapper les autans,
« Leur souffle prélude à l'orage.

« Mais vous, vous couliez pour nos cœurs
« Comme un ruisseau dans la prairie ;
« Sans bruit, sans efforts, sans douleurs,
« Vous couliez bien dignes d'envie.

« Souvent vous nous voyiez errer
« Non près de rives étrangères :
« Un lieu savait nous attirer ;
« C'était le lieu qu'aimaient nos mères.

« Nous préférions à la cité,
« A ces jeux mêlés de folie,
« Un temple, un bocage écarté,
« Ou quelque siége en la prairie.

« Plaisir d'aimer, ô vrai besoin,
« Combien doux était ton empire !
« Combien il est doux, sans témoin,
« De se voir et de tout se dire !

« L'aspect d'un ciel semé d'azur,
« L'astre qui nous lance sa flamme,
« De la source le miroir pur
« Tour à tour occupaient notre âme.

« A cette heure où le nautonier,
« Joyeux a replié sa voile,
« Où le pasteur aime épier
« Les premiers feux de son étoile

« Les deux amis se rencontraient :
« Puis, invités par le silence,
« Par leur amour, ils se contaient
« Ou leur peine, ou leur espérance.

« Hélas ! mon fils, tous ces plaisirs
« Ont fui comme une eau passagère ;
« Tout nous quitte, hormis les soupirs,
« Hormis un mot bien doux : j'espère.

« Du moins, en élevant les yeux
« Le soir, au lever de l'aurore,
« Je dis : il habite les cieux,
« Son âme pure m'aime encore. »

Mon père acheva son récit,
Son cœur venait de se répandre,
Son front plus calme s'embellit,
Et je n'étais point las d'entendre.

Instants si doux, instants si courts,
Oui, vous vivrez en ma mémoire!
Vous formerez un de ces jours
Souvent bénis en mon histoire.

Doux comme l'est à l'exilé
L'ordre qui lui rend sa patrie,
Doux comme à l'homme consolé
L'espoir d'une meilleure vie.

Ce lieu qui nous reçut tous deux
Offre à l'œil la seule nature,
Pour couvert, des rameaux nombreux,
Pour surface, un peu de verdure.

Mais il me garde un souvenir :
Là surtout, j'aime Philomèle,
Là surtout l'aile de zéphyr
Me semble un ami qui m'appelle.

A genoux, j'épanche mes vœux
Dans cet asile solitaire ;
Je me relève plus heureux :
Mon âme a prié pour mon père.

IMITATION
DU
PSAUME LXXIII.

Hélas ! vous repoussez sans cesse
Les cris que nous arrache une longue tristesse !
        O Dieu, comme votre courroux,
Quand vos brebis paissaient dans de gras pâturages,
A sur elles, soudain, étendu ses ravages,
        Dieu, leur pasteur, apaisez-vous !

        Qu'il ait place en votre mémoire
        Ce peuple chéri si longtemps ;
        Rappelez-vous ses jeunes ans,
L'univers commençait : il aimait votre gloire.

        O souvenirs ! ô source de douleur !
Du sein des nations, ardent à sa défense,
Vous arrachiez son sceptre et vengiez son offense :
Sion vous vit en elle et vous dut son bonheur.

Que tardez-vous ? levez votre main foudroyante,
Arrêtez des méchants la marche triomphante :
        Les voyez-vous ? dans leur orgueil,
Ils foulent la cité dont vous fûtes le père,
De votre temple même ils ont franchi le seuil,
Et le pied de l'impie atteint le sanctuaire.

Jérusalem n'est plus qu'un théâtre d'horreurs.
Ses guerriers sont muets, ses filles dans les pleurs.
        Aux jours destinés à vos fêtes,
Aux lieux où l'on voyait leur pompeux appareil,
Béelzébuth est dit à notre Dieu pareil,
Ses vils adorateurs ont élevé leurs têtes.

        O jour de deuil, ô temps fatal !
Vont-ils rassasier le sombre Dieu du mal ?
Déjà de leurs drapeaux souillés de son image
        Les lieux les plus saints sont couverts ;
        Poussés par une aveugle rage,
On les voit accourir et créer des déserts.

La hache et les marteaux ont servi leur furie ;
        Soudain, sous leurs coups redoublés,
Ces toits que l'étranger voyait avec envie,
        Avec bruit se sont écroulés.

Parlez, Dieu d'Abraham, et vengez votre cause ;
Trop longtemps votre bras sur votre sein repose,
        Le feu dévore vos autels :
        Transporté d'une folle joie,
L'ennemi fait la guerre à vos jours solennels ;
Des blasphèmes, voilà l'encens qu'il vous envoie !

        Pour adoucir nos malheurs,
    Entendons-nous la lyre des Prophètes ?
Nous demandons en vain vos bienfaits et nos fêtes,
        Nous ne trouvons que nos douleurs.

Permettrez-vous à des bouches impures
De prolonger leurs chants et leurs injures?
Laisserez-vous longtemps votre nom profané?
Montez sur votre trône et vengez l'innocence!
        Venez à nous, réduisez au silence
L'infidèle, oppresseur d'un peuple infortuné!

Le Seigneur, notre Roi, peut-il craindre son bras?
        Les siècles n'étaient pas,
        Sa puissance était infinie,
A tout ce qui respire il a donné la vie;
        Sa main enferma les mers,
Et de son seul vouloir il soutient l'univers.

Le dragon que le Nil nourrissait en son onde
        Épouvantait le monde:
A sa rage opposant votre juste fureur,
    De malheureux vous vengeâtes l'injure.
Vous brisâtes un front où siégeait la terreur:
Le lion du désert en a fait sa pâture.

        Vous avez ouvert au torrent
        Le flanc rompu de la montagne;
La source, à votre voix, jaillit dans la campagne,
Le fleuve se dessèche, ou s'arrête tremblant.

    Le jour, la nuit vous doivent leur naissance,
        Ils vous ont nommé leur Seigneur;
    Par vous, l'aurore a sa douce splendeur,
Le soleil se revêt de sa magnificence.

Votre droite posa les bornes de la terre :
    Au printemps, à l'été,
    Qui donne leur beauté ?
Qui ramène la paix, ou qui permet la guerre ?

    Ah ! réveillez votre pouvoir !
    Votre ennemi, dans son délire,
    Prétend vous disputer l'empire
    Et nous arracher tout espoir

    Comme sous la serre cruelle
    D'un tyran des faibles oiseaux,
    Gémit la douce tourterelle,
    Ainsi nous pleurons sous nos maux.

    Dieu qui nous fûtes si propice,
    Nous vous nommons avec amour,
    Nous gémissons : l'homme du vice
    N'aura-t-il pas aussi son tour ?

Il montre fièrement les fruits de ses rapines :
Les tours de ses palais du ciel semblent voisines ;
    Les pauvres sont à ses pieds ;
    Dans la terreur et le silence,
A peine lèvent-ils leurs fronts humiliés :
Couvrez-les, ô Seigneur, de votre providence.

A MA MUSE.

O toi qui charmes mes loisirs,
L'un des plus doux biens de ma vie,
Tendre témoin de mes soupirs,
Muse, un ami te remercie.

Avec toi je vis au désert,
Avec toi je rêve au bocage :
Tu me retiens sous le couvert
Des arbres de mon hermitage.

Pour m'asservir à tes attraits,
Là, tu t'unis à la nature :
Au ciel, aux champs, aux bois épais,
A tout tu donnes ta parure.

Les plaisirs simples du hameau
Ont égayé plus d'une page ;
Tu le contemples de nouveau
Et veux rajeunir son image.

Le printemps m'apporte la fleur,
L'été sa petite richesse,
L'automne paye mon labeur,
L'hiver mugit et m'intéresse.

En la saison où tout renaît,
Vous pensez renaître avec elle :
La moindre feuille a son attrait,
La terre à l'aimer nous appelle.

Au matin d'un beau jour d'été,
Je vois s'embraser la montagne :
Plein de feux et de majesté,
Un globe éclaire la campagne.

Père du jour, ô beau soleil,
Tout se ranime à sa présence,
L'oiseau célèbre son réveil,
L'homme adore une providence.

Ces épis s'inclinent vers vous
Avant que la faux les moissonne ;
Ému d'un spectacle si doux,
Vous aimez le Dieu qui les donne.

La vigne enrichit le côteau,
La verdure orne la prairie,
En murmurant, l'humble ruisseau
S'unit à sa rive fleurie.

Écoutant le vent des hivers,
Mon âme attend dans l'épouvante,
Et demande au tyran des airs
Qui le tient sous sa main puissante.

En vain la nature languit ;
Avec amour on fixe encore
Le mont que la neige blanchit,
Dès qu'un beau midi le colore.

J'entends un terrible fracas,
Le fleuve en courroux rompt sa chaîne :
Il court, il gronde, et sur ses pas
Tombent mille arbres qu'il entraîne.

Mais l'horreur se mêle au plaisir ;
Est-ce là ta route, ô ma Muse ?
Quoi ! quitter les fleurs et zéphyr !
Le désir de tout voir abuse.

Reviens aux moments de bonheur
Où la jeune abeille, avec joie,
Sur chaque feuille et chaque fleur
Recherche son utile proie.

Par sa douceur et sa toison
Toujours le tendre agneau sait plaire ;
Voyez comme il court au vallon,
Dont l'eau pure le désaltère

J'aime à contempler un troupeau
Quand il quitte sa bergerie ;
J'aime à le voir sur le côteau,
Ou bondissant dans la prairie.

Un pauvre toit reçoit la nuit
Le jeune pasteur qui le mène :
Sur sa paupière, loin du bruit,
Le sommeil arrive sans peine.

Il a la paix à peu de frais :
Ses chiens, son troupeau, sa houlette,
Sa flûte, un pain et du lait frais
Sont les trésors de sa retraite.

Si je le quitte pour les bois,
Libre, je médite ou soupire ;
L'oiseau m'anime par sa voix,
Seul avec lui, je prends ma lyre.

Entrons sous ces jolis berceaux,
Le feuillage nous y couronne,
Zéphyre aime ces arbrisseaux,
La fleur aussi les environne.

Tantôt au-dessus du vallon,
Je pense aux tourments de la ville :
J'aime bien mieux mon horizon,
J'y trouve un bonheur plus facile.

Le ciel est pur, et mes regards
Se perdent dans son étendue :
Un nom brille de toutes parts,
Nom béni par de-là la nue.

Tantôt je descends le côteau ;
Un plaisir d'enfant me captive :
Je ravis des fleurs au ruisseau,
J'en fais un bouquet sur sa rive.

La nuit va remplacer le jour,
J'entends les chants de la bergère :
Elle salue avec amour
Du repos l'heure salutaire.

A la porte de son manoir
Le vieillard s'assied et respire :
Imitons-le, laissons ce soir
Mon âme errer avec Zéphyre.

La lune adoucit sa lueur,
Propice à l'homme qui sommeille,
Et, pour briller avec sa sœur,
La jeune étoile se réveille

Voici le temps où la perdrix
Ose paraître en la campagne ;
Elle approche, et ses tendres cris
Nous redemandent sa compagne.

Aux lieux chers aux jeunes essaims
Ainsi ma Muse a son empire :
Elle y promène ses larcins,
Elle y voltige avec Zéphyre.

O Muse pure en tes amours,
Partout reconnais Dieu lui-même ;
Chante-le, bénis-le toujours :
Pour ses bienfaits il veut qu'on l'aime.

LE MONT VALÉRIEN.

Non loin des murs de l'antique Lutèce
S'élève un mont qui charma ma jeunesse :
J'y dominais les tours d'une grande cité :
Solitaire, rêvant dans une paix profonde,
Au sortir du vain bruit qui m'avait agité,
De la Seine sous moi je voyais rouler l'onde.

Je contemplais des lieux que le fleuve embellit,
    La riante colline où la vigne fleurit,
Et l'horizon borné par les grandeurs humaines ;
    La nature avec ses attraits,
Dans le lointain le monde et ses pompeuses scènes
    M'offraient des pensers que j'aimais.

Mon âme à ce beau mont donnait la préférence :
    Sous un ciel pur, au sein d'un doux silence,
    J'y réveillais de touchants souvenirs.
« Près d'ici, me disais-je, un enfant de Clotilde,
« Avant d'aller au ciel où montaient ses soupirs,
« Bénit souvent le nom d'un ennemi perfide. »

Sur cet âpre sommet des Saints ont autrefois
De leur troupe fidèle environné la Croix :
Ils punissaient en eux les fautes de leurs frères ,
Dans les veilles , le jeûne ils plaçaient leur bonheur ,
Et , laissant l'insensé poursuivre des chimères ,
  Ils vivaient unis au Seigneur.

Là , leur âme plus libre adorait sa présence :
Elle s'y remplissait de toute sa puissance.
L'Horeb et le Sina l'appelaient tour à tour ,
Le Prophète inspiré leur ouvrait ses oracles ;
Et souvent , du Sauveur disciples pleins d'amour ,
Ils tombaient à ses pieds bénissant ses miracles.

Il me semble les voir prosternés sur ce mont ,
Sous le Dieu du tonnerre humilier leur front ,
De leurs larmes ensemble arroser son image ,
Lui rappeler le sang qu'il répandit pour nous .
  Et , pour nous sauver tous ,
  Sur eux seuls appeler l'orage.

O Lutèce , ô séjour du bruit et des forfaits ,
Sur tes remparts souillés ils appelaient la paix :
Allaient-ils recevoir une meilleure vie ,
Leurs entrailles s'ouvraient au nom de tes enfants ,
Ils aimaient à leur Dieu te nommer leur patrie ,
Ils élevaient pour toi leurs yeux , leurs bras mourants.

Tel , saintement jaloux du salut de ses frères ,
Moïse avait pour eux versé des pleurs amères ;

Tel, quand le doigt de Dieu lui montrait l'avenir,
Le Prophète saisi des châtiments du crime
Adorait tout tremblant le bras prêt à punir,
Et demandait encor s'il reverrait Solyme.

Collines où des Saints fixaient l'azur des cieux,
Où leur âme goûta l'amour du Dieu des dieux,
A l'humble piété retraite toujours chère,
Vous la voyez encore aux pieds de son Sauveur :
Là, mes yeux attendris retrouvent le Calvaire.
Là, devant l'Homme-Dieu j'apporte ma douleur,
J'assiste avec sa Mère à son supplice infâme,
Je pleure, son sang pur a coulé pour mon âme.

Laissez-moi méditer ce mystère d'amour,
Vices, éloignez-vous, respectez ce séjour !
Je veux dans le silence adorer Dieu lui-même ;
Pécheurs, unissons-nous, et mêlons nos regrets :
Le Fils de l'Éternel nous protége et nous aime,
Ses nombreuses douleurs surpassent nos forfaits :
Il veut bien oublier qu'il est le Dieu qui tonne,
Et son regard annonce un Maître qui pardonne.

Que de faits, à sa mort, attestent sa grandeur !
La terre s'en émeut ; elle a tremblé d'horreur,
Le soleil indigné refuse sa lumière,
La plus affreuse nuit le remplace soudain.
Les morts ont ressaisi, ranimé leur poussière,
Et, Dieu sur la nature ayant levé la main,
Le sujet, le Monarque et l'homme qui fend l'onde
Se demandent, tremblants : Qui menace le monde ?

Peuples, rassurez-vous, les cieux vous sont ouverts,
De beaux jours vont luire et charmer l'univers :
Le Messie en mourant vous a laissé le gage
De son amour et du bonheur ;
Le péché vous tenait sous un triste esclavage.
Rarement l'espérance allégeait le malheur ;
Voici qu'une victime élève ses mains pures,
Et promet un remède à toutes vos blessures ?

Quel imposant tableau se déroule à mes yeux !
Satan brûle et frémit dans son séjour affreux,
Son œil jaloux couvre sa proie ;
Garde-la bien, Satan, on va te la ravir :
Tout plein de l'Esprit-Saint qui l'inspire et l'envoie,
L'Apôtre parle au monde et le fait tressaillir.
Les éléments soumis ont connu sa puissance,
Et sa bouche révèle un Dieu plein de clémence.

Plus fort que le torrent, plus vite que l'éclair,
Il a volé bientot de l'une à l'autre mer ;
En vain l'enfer s'ébranle et marche à son passage,
En vain le sang chrétien a rougi ses drapeaux,
Ce sang répandu par la rage,
Ce sang d'un peuple de héros
A fécondé l'Église, assuré sa victoire :
Ce sang nourrit sa force et propage sa gloire.

Peuples, Rois, contre Dieu que pouvaient vos desseins ?
Il étendit sur vous ses redoutables mains,
Il vous brisa comme un roseau fragile :
De la Croix du Sauveur ennemis dédaigneux,

Prétendiez-vous égaler votre argile :
Pensiez-vous opposer vos démons et vos dieux
A celui dont le bras sait armer la faiblesse
Et confondre par elle un orgueil qui le blesse?

Oh quel enthousiasme a surpris tous mes sens !
  Moi l'élève des champs,
  Dont la muse légère
Avait chanté l'enfance et suivi les zéphyrs,
Moi qui ne connaissais que le nom de ma mère.
Me voilà sur ce mont plein de nobles désirs :
J'y domine, ô mortels, vos palais et vos têtes.
Et ma lyre brûlante imite les Prophètes :

  Ainsi le jeune oiseau,
Avant de se frayer une route inconnue
  Et d'aller à la nue,
Balance un vol timide au-dessus du rameau;
Tel encor ce coursier dont le pied fend la terre.
Dont les hennissements appellent le clairon ;
  Noble enfant du vallon.
Il a foulé les fleurs d'un verger solitaire.

Parlez, saints monts, parlez, redoublez mon ardeur,
Je sens à votre aspect commencer mon bonheur:
  Au Dieu dont la clémence
  Excite ses transports,
  Ma lyre, à sa naissance,
  Consacre ses accords :
L'un de ses plus beaux dons. montez, montez, génie,
Saluez le Seigneur ; sa gloire est infinie.

Oui, dans ce beau séjour tout me rappelle à lui ;
J'y vois des flots de peuple implorer son appui.
Au jour où les Chrétiens célèbrent la victoire,
De l'arbre du salut devenu radieux,
     Mille voix ont charmé ces lieux
Des hymnes que David composa pour sa gloire :
Le Monarque aime alors sortir de son palais,
Déposer sa couronne et suivre ses sujets.

Le zèle de l'Apôtre (*) a peuplé le Calvaire :
Il y leva les mains, y nomma Dieu son père ;
     De sa mort l'instrument sanglant
     Reçut ses baisers et ses larmes ;
Pour des frères chéris plein de justes alarmes,
     Son œil effrayé contemplant
Les malheurs d'Israël et ceux de Babylone,
Il s'embrase soudain, il court, appelle et tonne.

De son front inspiré s'élancent les éclairs.
Est-ce un homme, est-ce un ange ? Il ouvre les enfers.
Cette place profonde où descendent les crimes,
     Ces feux renaissants à jamais,
Les cris, le ver rongeur de milliers de victimes,
Un séjour que Dieu voue à d'éternels regrets,
L'ange du mal foulant et refoulant sa proie.
Voilà ce qu'il oppose à ma funeste joie.

Voilà, voilà comment il instruit les pécheurs !
S'il veut les attendrir, sa voix pleine de pleurs

<hr>

(*) L'abbé de Rauzan, l'abbé Guyon.

Du Sauveur immolé nous redit les souffrances :
De terribles accents ne retentissent plus,
Ses mains ont refermé l'abîme des vengeances,
Sa victoire est plus douce, au fond des cœurs émus
Il pénètre, il suscite une douleur amère :
Tout un peuple soupire, il entend une mère.

  Oui, pour toucher des fils ingrats,
  Pour les appeler en ses bras,
La mère n'a jamais mieux connu la tendresse :
Il saisit, il embrasse, il vous montre la croix.
Il convoque le monde à sa grande tristesse,
Sur le prince et le pauvre assemblés à la fois,
Sur l'homme des cités et l'homme des batailles
Le généreux Apôtre élargit ses entrailles.

O culte aimable et saint, dans lequel je suis né,
Tu t'élèves le front de splendeur couronné !
Qu'il est beau le mortel que ton amour inspire !
Vient-il nous retracer de sublimes leçons,
Au Chrétien courageux ouvre-t-il un empire,
Ce que nous insensés ici-bas admirions,
Ces cités, ces palais, le monde et sa richesse
A nos yeux détrompés n'offrent plus que bassesse.

J'ai vu cet héritier de l'éternel bonheur
Pensant l'avoir conquis, louant son Créateur ;
Déjà, comme l'Archange, il saluait son trône,
De là nos intérêts lui semblaient toujours chers ;
Il voyait notre exil, il voyait Babylone,
Sa belle âme eût voulu couvrir notre univers

Pour nous, pour nous encore au Dieu, juge suprême,
Il offrait les soupirs de l'âme humble qui l'aime.

Un jour, nouveau Moïse, il apporta des lois ; *
La foudre s'éveillant répondait à sa voix,
Tremblants, nous assistions à cette grande scène,
L'image du Sina brillait devant nos yeux :
Le tonnerre roulait sur la plage lointaine,
          Son bruit majestueux,
De l'Apôtre brûlant élevait le courage,
L'Esprit-Saint, les éclairs enflammaient son visage.

Oh ! que de souvenirs sur le mont tout en feu !
Il nous semblait marcher avec le peuple hébreu,
Entourés des hauts faits chantés dans son histoire.
Et la foudre et l'Apôtre avaient uni leurs coups,
Le Seigneur paraissait descendre avec sa gloire ;
Nous pensions qu'une voix allait venir à nous,
Cette voix : « Écoutez l'Ange qui vous remue,
« Écoutez, Dieu s'avance et fait trembler la nue ! »

Mont chéri ! de ta cime à regret je descends.
Dans l'âme où l'innocence eut toujours une place,
Dans celle où le péché par les larmes s'efface,
Les sons qui te frappaient retentiront longtemps.

Hélas ! si la douleur n'eût consumé ma vie,
Semblable à ce soleil qui brûle nos moissons,
          Astre de feu, si le génie
Sur le front d'un enfant n'eût dardé ses rayons,

* 3 mai 1820. Un jeune missionnaire, l'abbé Levasseur.

N'eût pénétré mes os, rendu ma tête nue,
Envoyés du Seigneur, dont j'ai baisé les pas,
Combien j'aurais aimé me jeter en vos bras,
Et faire entendre au monde une voix inconnue !

Enflammé de l'ardeur du soldat généreux,
Partageant vos combats et mourant sous les armes,
    Ma dernière heure eût été sans alarmes :
Expirant près de vous, l'on ne voit que les cieux.

Du moins votre penser nourrira mon courage ;
        Et si quelques assauts nouveaux
(Maître de nos destins, rendez vain ce présage !)
De l'Église, ma mère, attaquaient le repos,
Prêtres saints, les premiers vous iriez au martyre !
Pour moi qui parmi vous compte de mes amis,
Puissé-je plaire au Dieu qui vous aurait bénis,
Et payer de mon sang ma place en son empire !

A MARIE.

ACTIONS DE GRACES APRÈS UNE MALADIE GRAVE.

O vous que nous donna pour mère
Un fils expirant sur la croix,
Refuge des pécheurs, des pauvres et des rois,
Mon âme vous priait aux jours de ma misère !

Du couchant à l'aurore on bénit votre appui :
Le pilote voit-il au-dessus de sa tête
S'élever le nuage où gronde la tempête,
Vous nomme avec amour et vous volez à lui !

La mère vous apporte et dans vos bras dépose
D'un amour pur le gage et le bonheur,
La vierge vous remet le soin de sa pudeur,
Le malade par vous plus doucement repose !

Semblable à ce bel arbre où les oiseaux du ciel
Aiment se réunir et chercher un ombrage,
Ou comme la patrie après un long voyage,
Vous consolez et charmez le mortel.

Aux lieux où le chrétien vous offre sa prière ,
Mon âme se soulage en épanchant ses vœux :
Souvent, dans mes douleurs, je détournais vers eux
    Ma mourante paupière.

Quand les frimas abandonnent nos champs ,
Quand la terre recouvre une aimable parure,
Tout mon être ravi par la belle nature
Salue avec transport le retour du printemps.

    Sous un riant bocage
Je m'enfonce avec joie et m'enivre de paix ,
Les accords de ma lyre ont pour moi mille attraits .
J'aime l'azur des cieux à la fin d'un orage.

Mais rien pour moi n'égale le bonheur
D'être à vos pieds, ô ma mère , ô Marie !
Que ma prière est douce alors mon âme oublie
Toutes les vanités de ce monde trompeur !

De votre heureux séjour écoutez-nous sans cesse,
Et dans ce grand moment par les saints redouté,
A cette heure où pour nous s'ouvre l'éternité ,
Fixez sur un pécheur des yeux pleins de tendresse

L'INFORTUNÉ DEVANT L'ÉTERNEL.

O Dieu qui permettez et calmez la tempête,
Devenez un asile à celui dont les flots
Tant de fois en grondant menacèrent la tête.
Ma barque s'est lassée à parcourir les eaux :
Malheureux exilé, j'allais de rive en rive
Demander ma patrie et de paisibles jours,
Les vents et les échos portaient ma voix plaintive,
J'enviais au torrent la fuite de son cours.
Hélas ! je n'ai trouvé qu'une mer en furie,
Je n'ai connu que crainte et que mélancolie !

Je touche enfin, Seigneur, au séjour du repos,
Je ne vois plus la terre où coulèrent mes larmes,
Je n'ai plus cette voix que brisaient les sanglots.
Me voici devant vous faible et sans autres armes
Que la pitié qu'inspire un pauvre naufragé.
Vous avez accueilli les vœux de Madeleine,
Le pécheur à vos pieds s'est senti soulagé ;
Ne rendez pas, mon Dieu, mon espérance vaine.
Parlez, renouvelez vos antiques bienfaits :
Votre sang m'a promis le pardon et la paix !

MON RUISSEAU.

O ruisseau, mes amours. les plus simples apprêts
    Ont appelé ta première heure :
Tu sortis une nuit de ton humble demeure,
Tu coulais entouré de fraîcheur et de paix !

Ton ami croit te voir semblable à la bergère.
    Timide, et d'un pas incertain,
Sur l'herbe et sur les fleurs te frayer un chemin,
Et ne toucher qu'à peine au doux sein de ta mère.

Le jour à son réveil te rougit de ses feux
La troupe des zéphyrs te flatta de son aile,
L'oiseau venant goûter à la source nouvelle
S'y plongea mille fois pour être plus heureux.

Depuis, l'être à qui Dieu daigna donner le monde
Attiré par ces bords les choisis pour séjour ;
    Il te couvrit de son amour,
Et voulut captiver ton eau trop vagabonde.

Dans ce vaste univers tu te serais perdu :
L'homme empressé sauva le don de la nature.
Il rendit ta surface et plus belle et plus pure,
Et du midi brûlant tu te vis défendu.

En cet heureux état tu tiens l'âme ravie :
Rive délicieuse, et vous ombrages frais.

Que je trouve d'attraits
A laisser près de vous couler aussi ma vie !

Pourtant mon cœur ne peut se croire encore heureux,
Il veut aimer, il veut qu'on l'aime :
Il voudrait se répandre en un autre lui-même :
Appeler ses amis et jouir avec eux !

« Tendres amis, venez visiter ma prairie,
« Venez, plus beau sera le jour,
« Plus doucement en moi parlera mon amour,
« Et ma lyre timide aura plus d'harmonie ! »

Ah ! si j'avais le luth du vieillard de Céos,
J'immortaliserais mon aimable Tironne,
Les côteaux et les bois, sa beauté, sa couronne,
Et cette autre Tempé si propice au repos !

Mes chants ont révélé mon ruisseau solitaire :
Eh ! pourquoi rougirais-je en prononçant son nom ?
Horace a bien chanté son paisible vallon,
Préféré ce séjour à tout l'or de la terre.

Ici l'on peut aussi goûter un vrai bonheur,
Rappeler des bergers l'intéressante histoire,
S'entourer des plaisirs que donne la mémoire,
Et de l'air le plus pur respirer la douceur.

Ici l'homme s'élève à l'auteur de la vie,
S'enivre des bienfaits qui tombent de sa main,
Et le pieux transport allumé dans son sein
S'échappe par des vœux ou l'hymne du génie !

———

L'HOTE ET L'AMI.

Muse abaisse ton vol, et donnons un regret
A l'ami que je perds, mon compagnon fidèle ;
J'errais plus doucement quand il me précédait,
    Et la nature était plus belle.

Mon cœur lui pouvait-il refuser son amour ?
Ce fut un même ami qui réjouit Tobie,
Et mourut de bonheur en voyant le retour
    De son maître dans sa patrie.

La reine dont la France a connu les malheurs
D'un si doux animal éprouva la tendresse ;
Comme elle il habita l'asile des douleurs,
    Oubliant tout pour sa maîtresse.

Tu fus aussi du ciel un bien-aimé présent,
Toi que m'ôte la mort, ô toi qu'ici je pleure ;
Chacun te caressait, et chacun t'admirant
    Te désirait en sa demeure.

Toujours tu paraissais avide de me voir.
Tu t'offrais à ma main au lever de l'aurore,
Le jour tu me suivais, et, quand venait le soir,
De moi tu t'approchais encore.

Alors à mon foyer, non loin de mes genoux,
Livrant à ton rival une guerre facile,
Tu conquérais bientôt le poste le plus doux,
Et là reposais plus tranquille.

Tu savais deviner ma joie ou ma douleur,
Mes goûts étaient les tiens : les champs et le silence
Étaient en harmonie avec ta douce humeur,
Les bois avaient ta préférence.

Oh ! que de souvenirs me parleront de toi !
Je t'avais vu rempli du feu du premier âge
M'égayer par tes jeux et bondir devant moi
Comme le faon dans le bocage.

Et, quand le temps jaloux eut ralenti tes pas,
Tu semblais mieux encor mériter ma tendresse :
Tu fus ce serviteur qu'on n'abandonne pas
Et dont on aide la vieillesse.

Tu recevais ta part à mon petit banquet :
Là, souvent tu forçais une main trop amie,
Là, je me laissais vaincre et tu m'offrais l'attrait
De la brebis choisie.

A la vieille Lysis, oh ! que tu semblais beau !
Depuis que tu n'es plus, souvent coulent ses larmes.
Et tout ce qu'elle aimait , le verger , le coteau ,
    Tout pour elle est sans charmes.

A l'heure où le foyer nous verra réunis,
Où le soir , au retour d'une course lointaine ,
Au moment d'un départ. à l'heure où les amis
    Auront nouvelle peine ,

Nous redemanderons notre hôte caressant ,
Et , ne le voyant plus, nous aimerons redire
Combien cet humble ami servait utilement
    Notre petit empire !

LE PIEUX VILLAGEOIS.

Pourquoi le bois paisible a-t-il moins de douceur ?
Pourquoi, le cœur serré d'une tristesse amère,
Ai-je touché le seuil qu'un rayon de bonheur
    Embellissait naguère ?

Sous mon toit ne brillaient ni l'ivoire, ni l'or :
Aussi mon cœur ne veut que ce que veut la vie,
Un peu d'air, un peu d'eau, du pain est le trésor
    Qu'un cœur sensible envie.

J'étais heureux de peu : pour toi dont mes regrets
Ne peuvent se lasser de poursuivre l'absence,
Tu tenais une place en ces biens dont j'aimais,
    Former mon opulence !

Tu manques ! mon séjour me semble trop désert,
A la soif de mon âme il ne peut plus suffire :
C'est l'arbre dépouillé de son feuillage vert
    Et qui n'a plus zéphyre ;

C'est le jour sans soleil, c'est la nuit sans lueur,
Le bocage où se tait la tendre tourterelle,
Et le mois où cherchant la vie et la chaleur
    S'éloigne l'hirondelle.

Je te pleure, ô ma sœur, ô vierge que j'aimais
Comme après la nuit sombre on chérit la lumière,
Comme d'un jeune enfant la mère aime les traits,
Ou comme l'affligé se plaît dans la prière !

    Quand tu t'offrais à mes yeux,
Des pensers consolants affluaient dans mon âme,
Je disais : même sein nous a portés tous deux,
Nous eûmes même père, et de la même femme.
Surtout quand nous n'étions que de tendres enfants,
Nous avons recueilli les doux embrassements !

Nos jours étaient remplis d'une pure allégresse,
Mon père nous disait de toujours nous aimer,
D'aimer ce que le ciel avait daigné former
    Pour être uni par la tendresse.

Souvent il nous plaçait au pied de ces autels
Où son âme pieuse adorait la présence
    Du Dieu dont la clémence
Encourageant nos cœurs s'approche des mortels.
L'enfance fut pour nous comme une belle aurore ·
Imitant nos parents, auprès d'eux à genoux,

    Pouvant à peine encore
Articuler les noms les plus connus de nous,
Nous voulions prier l'être en qui le faible espère,
Nous élevions les yeux, semblables à l'oiseau
    Quand il se désaltère
Et regarde le ciel qui lui donne un peu d'eau.

Voilà nos entretiens : ainsi ton humble histoire
Me touchait de bien près,

Ainsi notre mémoire
Nous offrait mille attraits :
C'était la source pure
Qui coule sur les fleurs,
Et nos doux souvenirs imitaient la nature
Que le printemps revêt de ses jeunes couleurs.

Pourtant quelque nuage
Obscurcit autrefois notre félicité :
O ma sœur, quel orage
Nous enleva soudain notre tranquillité !
Que de regrets donnés aux auteurs de ta vie !
Nous pleurâmes longtemps
Le trésor que l'on perd en perdant ses parents ;
Ma tendre sœur au moins ne m'était point ravie !

Sa présence allégeait mon pénible labeur :
Sa brebis la plus chère
N'avait pas sa douceur,
Son humble piété me rappelait ma mère.

De cette autre Rachel
Le nom était partout béni dans le village :
Elle avait tant de fois prié devant l'autel,
Pour elle aussi pria chaque âge !

O vous dont on m'apprit a révérer le nom.
Dont le pasteur obscur annonça la naissance,

Dieu dont la providence
De soins tout paternels entoure le vallon .
Vous consoliez ma sœur à son heure dernière !
Oui je la vois encore embrasser votre croix ,
Y puiser son courage et son humble prière !
Je pense encore entendre une touchante voix

M'adresser ce langage :
« Mon frère, le Seigneur
« Daigne abréger les jours de mon pèlerinage :
« Je te laisse, voilà mon unique douleur !

« Après Dieu, tu le sais, et la sainte milice
« En qui nous honorons de zélés défenseurs ,
« Après le souvenir des premiers bienfaiteurs
« Que l'enfance chérisse ,
« Rien ne me valait mieux
« Que le cœur de mon frère :
« Ce vallon de douleurs, cette terre étrangère
« Par lui m'avait donné quelques moments heureux !

« Oh ! si le Tout-Puissant à mon âme pardonne ,
« Si, me plaçant au sein de l'éternelle paix ,
« A quelques saints efforts, quelques pieux souhaits
« Son immense bonté décerne une couronne ,
« Mes yeux pourront revoir les êtres les plus chers :
« De mon heureux séjour je serai ta gardienne ,
« J'offrirai tes désirs, j'exposerai ta peine
« A ce Dieu dont l'amour veille sur l'univers !
« Ah ! ne cesse jamais d'adorer sa puissance
« Et l'amour de sa loi

« Fera germer en toi
« La joie et l'espérance. »

La veille de sa mort ainsi parlait ma sœur ;
La paix de la vertu brillait sur son visage,
Et je croyais entendre un ange du Seigneur
Attiré près de moi par un heureux message.

Sa fin fut le sommeil
De l'enfant qui s'endort sur le sein de sa mère,
Et quand son âme eut fui sa demeure étrangère,
Mes yeux mouillés de pleurs attendaient son réveil.

Adieu vierge chérie !
Accomplis ta promesse et seconde ce vœu :
Ton Dieu toujours mon Dieu !
Et le cri de mon cœur ce sera ta patrie !

Oui, souvent sur la pierre où reposent tes os,
De la douce oraison je goûterai les charmes.
Je m'y soulagerai par d'abondantes larmes.
Et le penser du ciel allégera mes maux !

Au temple du village
J'irai brûlant de foi.
Prier où tu priais, et méditer la loi
Du Seigneur dont l'amour inspire du courage.

J'ai gémi ; mais pourquoi, depuis que tu n'es plus,
Du triomphe des saints l'image consolante
A-t-elle ranimé mon âme languissante ?
Pourquoi vient-elle en moi s'unir à tes vertus ?

A son lever, la lumière
Apporte à mes regards sa joie et sa splendeur,
Et le soir, quand paraît l'étoile du pasteur,
Elle s'approche encore et charme ma paupière.

Sans doute elle est un baume offert à mon chagrin :
Dieu bénit ma retraite,
Il entend de nos cœurs la prière secrète,
Il voit mon infortune, il veut m'ouvrir son sein !

Sans doute un ange ami me couvre de son aile ;
Au séjour qui les voit unis
Ces parents que j'aimais ont prié pour leur fils :
Sans doute ainsi ma sœur me console et m'appelle !

L'HIVER.

Le zéphyre renonce à l'amour du vallon,
Et la cime du bois s'élève sans verdure ;
Déjà tout semble mort au sein de la nature,
Déjà l'hiver accourt suivi de l'aquilon.

On voit dans le bocage
Le poëte rêveur
Rechercher une image
De son premier bonheur.

Comme de tendres sons, arrivent dans son âme
De charmants souvenirs ;
Son génie attristé se réveille et s'enflamme,
Et l'on entend ces chants unis à des soupirs :
« Toi qu'embellit pour nous la puissance infinie,
« Dont mon œil admirait la sublime harmonie.
« Qui remplissais mes sens d'amour et de bonheur,
« O nature, pourquoi me dérober tes charmes,
« Et pourquoi d'un mortel qu'enivrait la douceur
« Faire couler les larmes? »

J'ai passé de ces bois
    Sous l'ombre hospitalière,
Les beaux jours du printemps, jours brillants de lumière,
De Philomèle aussi j'ai recueilli la voix !
J'ai vu naître la fleur, amour de la prairie,
L'air pur, l'air embaumé m'a fait chérir la vie :
    De mon faible ruisseau
    Le riant voisinage,
Les diverses couleurs qui paraient le coteau,
Tout voulait m'attacher à mon humble village,

Tout faisait naître en moi les plus heureux transports :
Et, sans avoir longtemps de l'illustre Hippocrène,
Goûté l'onde inspirante et côtoyé les bords,
Je sentais de mon cœur mes vers couler sans peine.

Quand la harpe du ciel frémissait sous mes doigts,
Je pensais égalant le chantre de la Thrace,
Voir mon âme donner une autre âme à ces bois,
Voir les arbres vivants se presser sur ma trace !

    O douce illusion,
    O félicité pure,
Plaisir dont le vulgaire à peine sait le nom,
Si je vous éprouvai, ce fut par la nature !

Sous ce dôme imposant que l'on nomme les cieux,
Où brille le soleil, où roule le tonnerre,
Au sein des mille objets et des dons précieux
Que jette autour de nous et prodigue la terre,

                Trop souvent le mortel
                Abaisse dans la fange
Une âme qui devrait comme un pieux autel
Exhaler l'innocence et les hymnes de l'ange.

Pour moi qui, jeune encore , appris à méditer
Du prophète divin la profonde sagesse ,
Dont le plus doux bonheur était de fréquenter
Les lieux premiers témoins d'une haute promesse ,
Qu'Isaïe enleva sur ses ailes de feu ,
Qui de l'Israélite ouvrant la grande histoire ,
Vis le Sina fumant sous les pas du vrai Dieu
                Et couvert de sa gloire ,

J'ai cru l'homme sorti des mains du créateur
Pour élever à lui la voix de tout son être ,
                J'ai cru que du Seigneur
Il était ici-bas et le temple et le prêtre !

                Des riantes saisons
                J'ai chanté les largesses ,
                Entouré de ces dons,
J'en ai loué l'auteur de toutes nos richesses :
J'ai nommé son amour le plus beau sentiment,
Et ses nombreux bienfaits descendant dans mon âme
La trouvaient tout émue et semblable au sarment
                Que dévore la flamme !

Revenez me ravir , ô trop aimables jours ,
O colline reprends tes ornements de fête ,

Sur les fleurs, ô ruisseau recommence ton cours.
D'une jeune couronne, enfant, couvre ta tête !

Mais non, tous mes plaisirs ont fui devant l'hiver :
On n'entend plus aux bois de douce mélodie.
On ne sent ni chaleur, ni baume au sein de l'air,
Il ne reste aux humains que la mélancolie.
Eh bien ! puisque les champs n'offrent plus le bonheur,
Attendant le retour du temps cher au zéphyre.
   En signe de douleur,
Sous mon toit, quelque part, je suspendrai ma lyre !

  « Modère ton chagrin.
  « Trop sensible poëte.
« Prends garde que tes pleurs n'outragent cette main
« Que l'on adore au ciel, que bénit la retraite.
« Prends garde que tes vers n'offrent trop peu d'accord.
« Tout à l'heure, du monde écoutant l'harmonie.
« Tu chantais, à genoux, l'être qui sans effort
« A partout répandu sa puissance et la vie.
« Et voici qu'oubliant les devoirs d'un mortel,
  « Le silence ou l'hommage,
« Tu voudrais sur la terre un printemps éternel
« Et du maître de tous tu condamnes l'ouvrage.

  « Je suis la religion,
  « La plus sûre compagne,
« Je couvre de mes biens le vallon, la montagne.
« Et descends au secours de ta faible raison :
« C'est moi qui te bénis à ton heure première.
« C'est moi qui soulageai tes nombreuses douleurs.

« J'étais à tes côtés au fort de tes malheurs,
« Je te prêtai toujours mon ombre salutaire.

« Apprends que tout est bon dans les divins décrets :
« Depuis l'humble fourmi jusqu'au lion superbe,
« L'épi chargé de grains, l'arbre honneur des forets
  « Jusqu'au faible brin d'herbe,
  « Depuis le séraphin
« Aux pieds de qui s'allume et gronde le tonnerre,
« Jusqu'à l'enfant caché dans le sein de sa mère,
« Tout s'enchaine et concourt au plus vaste dessein.

« D'eau, de terre, d'esprits dans ce grand assemblage
« Où l'Éternel voulut graver son unité,
« Chacune des saisons réclame ton hommage.
  « Chacune a sa beauté.
« Des quatre âges de l'homme elles sont la figure,
« L'une apporte en naissant un front paré d'attraits,
« L'autre mûrit les fruits, une autre à la nature
« Présente le bonheur avec ses doux bienfaits.

« On les voit, d'une mère imitant la tendresse,
« Arriver pas à pas, ménager ta faiblesse,
« On les voit rappeler les changements divers
« Que ce monde subit dans l'ordre de la grâce :
« Le printemps, c'est l'Éden ouvrant cet univers,
« L'été ce sont les jours que le prophète passe
« A chanter sur sa lyre un espoir consolant.
« L'automne est du Sauveur l'heureux avénement.

« Et l'hiver, puisqu'enfin il faut qu'on te le nomme,
« L'hiver mérite-t-il être oublié de l'homme ?

« S'il dépouille les bois,

« S'il élève le front de la froide vieillesse,

« Des chantres les plus doux s'il n'a pour lui la voix,

« Il nous retrace au moins l'ami de la sagesse.

« Cet âge qui connaît et les biens et les maux,

« Qui longtemps agité n'aspire qu'au repos.

   « Il délivre la terre

   « Des ennemis secrets

   « Qui livreraient la guerre

   « Au trésor des guérets :

« Sans lui les tristes fruits des premières saisons

« Dévoreraient bientôt le germe des moissons.

« Au sein même de l'air il place son empire :

« Pour le rendre plus pur il chasse le zéphyre,

« Il appelle à sa place un des enfants du nord,

« Ce vent qui fait trembler de sa puissante haleine

« Les cèdres du Liban, les vaisseaux dans le port,

   « Et tandis qu'il enchaîne

« Le fleuve impétueux sous son terrible bras

« Le Seigneur à pour toi l'œil du plus tendre père,

« Le ciel s'ouvre bientôt, la neige et les frimas,

« Admirable toison, s'étendent sur ta mère.

« Rappelle-toi ces jours coulés près du palais

« Qui de l'un de tes rois consacre la mémoire ;

« Tu méditais alors les plus graves sujets,

« Plein d'un noble mépris, tu regardais la gloire :

« O poëte, réveille une aussi belle ardeur,

« Plane encore au-dessus de ce mortel empire.

« Vois encore à tes pieds toute humaine grandeur,

« Et, plus près du séjour auquel ton âme aspire,

« Apprends encore à l'homme à s'élever aux cieux ;

« L'hiver va seconder ton élan généreux.

« Il ébranle d'abord les plus faibles courages ;

« Mais pour toi ne crains point de suivre ses ravages !

        « De la cime des monts

        « Lorsqu'il se précipite,

« Et pénètre en grondant au fond des creux vallons,

« Quand la nature entière et s'effraye et s'agite,

« Ne crois-tu pas entendre une bien autre voix,

« La voix qui créa tout, qui frappe les abimes,

« Et, tôt ou tard, appelle et punit tous les crimes ?

« L'hiver à ses fureurs mêle quelques bienfaits,

« Le printemps est plus doux après un peu d'absence,

« La terre a son repos, les peuples ont la paix,

« Le laboureur a vu combler son espérance,

« Il attend d'autres dons, goûte un plus long sommeil ;

        « Tandis que le soleil

« Des grains encore en herbe épargne la faiblesse,

« Il éprouve en son cœur une pure allégresse.

        « Laisse donc l'aquilon

« Promener la terreur sur ce monde éphémère.

        « Éclairer l'horizon,

« Soulever l'Océan et mettre à nu la terre :

« Qu'es-tu devant son maître ? Un jour, le fils d'Amos

« Sur le Juif trop charnel laissa tomber ces mots :

« Les peuples devant Dieu ne sont qu'un grain de sable.

« Leurs complots, leur orgueil, leurs vains frémissements

« Expirent comme un son sous sa main formidable :

« Nommez une eau qui fuit, une ombre, un jeu d'enfant,

« Une feuille, une fleur tout à l'heure flétrie,

« Du plus grand des mortels voilà toute la vie !

« Voilà ce qu'au désert ont médité les saints,

« Ce qu'apprend l'aquilon aux aveugles humains !

« Se contenterait-il de rouler la poussière

        « Souvent il a réduit

« A la hauteur du faon des bois la cime altière.

« Ainsi viendra ce jour de ruine et de bruit

« Où tomberont enfin toutes les Babylones,

« Le vice y sera vu sans gloire et sans couronnes :

        « Outragé tant de fois

« Le Fils de l'homme alors rompra son long silence,

« La splendeur du soleil mourra devant la croix,

« Les siècles tous ensemble attendront sa sentence !

« Réponds à son amour ! ah ! puisses-tu, mon fils,

« D'Arsène et de Jérôme oser suivre la trace,

« Puisses-tu t'éloigner de ce monde qui passe,

« Et chercher le repos que ton Dieu t'a promis ! »

LES LIEUX SAINTS.

Un saint désir m'anime : il faut que la pensée
S'échappe de mon sein comme un torrent fougueux :
Captive trop longtemps, trop longtemps oppressée,
Elle est pour le poëte un hôte dangereux.

C'est le feu qui dévore. O mon maître, ô génie,
Tu l'emportes, je cède à ta douce manie :
C'est elle qui jadis inspirait sur les mers
Le chantre harmonieux de la fameuse Troie.
Je veux jeter aussi mon hymne en l'univers,
Je vais saisir ma lyre, enivre-moi de joie !

Mais ne me conduis pas dans les champs d'Ilion,
Ou sous les hauts remparts des cités de la Grèce,
Je dédaigne leurs dieux et leur fausse sagesse ;
Je préfère monter au sommet de Sion,
M'y nourrir des pensers qui consolaient Moïse,
J'aime et veux l'horizon de la terre promise.

Tout m'y parle du Dieu qui créa les humains,
Qui seul est éternel, seul compte les étoiles ;

Nos travaux les plus longs sans lui demeurent vains,
Il pénètre les cœurs ; la nuit n'a point de voiles
     Que n'éclairent ses yeux,
Il soulève, il apaise à son gré l'onde immense,
L'univers tout entier ressent sa providence,
Sa puissance remplit et la terre et les cieux.

Quels hommes les premiers s'offrent à mon passage ?
Leur âme noble et calme est comme un saint autel
Où le père de tous reçoit un jour hommage,
Leur front majestueux est levé vers le ciel :
Souvent l'ange s'approche et bénit leur prière.
Sous les traits du mortel ils ont même accueilli
     L'auteur de la lumière :
D'un si doux souvenir leur cœur est tout rempli.

Aussi des biens du monde ils bravent l'esclavage,
Aussi pour eux la vie est un pèlerinage :
Leur main n'a point construit ces superbes palais
Où l'opulence habite, où souvent elle oublie
Le seul bien pour lequel un Dieu bon nous ait fait
     La céleste patrie.

     Ces pieux voyageurs
Ne veulent ici-bas que l'abri d'une tente,
Que le lait des troupeaux dont ils sont les pasteurs,
Et que les plaisirs purs d'une vie innocente.
Age heureux ! âge d'or ! salut premiers parents,
Vous serez toujours chers à l'un de vos enfants !

Et toi berceau du monde ,
Révèle à mes regards l'antiquité profonde.
Qu'avec toi mon esprit s'élève au créateur !
Je viens gravir tes monts plein d'une noble audace ,
De mes pères , des saints je viens baiser la trace ,
Et du Dieu leur amour adorer la grandeur !

Autour de moi , partout sa puissance rayonne ;
Il dit, la mer de Suph s'ouvre devant l'Hébreu ,
Mortel , sois attentif , vois le mont tout en feu ,
Vois briller mille éclairs , entends le ciel qui tonne :
De ce même être encor c'est là l'auguste voix ,
A son peuple , à la terre il impose des lois.

A genoux ! imitons les séraphins fidèles ,
N'osant le contempler , se voilant de leurs ailes ,
A genoux devant lui , pécheurs , cendre et néant !
Sous lui le ciel s'incline et la nature entière :
Que notre front s'abaisse au sein de la poussière .
        Pleurons , prions en gémissant !

Chanaan , ton orgueil vit et monte sans cesse .
Il appelle à la fin la foudre vengeresse ,
As-tu donc oublié le céleste courroux
Qui convertit Sodome en un amas de cendre ?
Ne dois-tu plus penser à ces terribles coups
Que brava Pharaon et qui firent descendre
Lui , ses guerriers d'élite et ses chars les plus beaux
        Sous l'abîme des eaux?

Le Dieu qui le punit règne toujours le même.
Le coupable, il l'atteint, et l'âme juste il l'aime :
Tremble, tu vas subir les maux que tu t'es faits :
Tes femmes, tes enfants, tes cités opulentes
D'un peuple fugitif et que tu dédaignais
Deviennent tout à coup les victimes tremblantes.
Le fer ennemi brille, il dévore à mes yeux
Et le sujet obscur et le prince orgueilleux.

Comme un père aime et presse
Le dernier de ses fils,
Comme le bon pasteur nourrit, porte et caresse
Ou l'agneau le plus faible ou la tendre brebis,
Ainsi, dans le désert, le Tout-Puissant lui-même
Témoigne pour son peuple une tendresse extrême.

O Dieu, quand Israël fuit son persécuteur,
Vous souleviez ensemble et le ciel et la terre.
Vous marchiez devant lui, frappant avec fureur
Tout peuple assez osé pour lui livrer la guerre !
Des miracles sans nombre accompagnaient ses pas :
La face du désert cessait d'être stérile,
Le fleuve ouvrait soudain une route facile,
Et, sur les monts, Moïse, au plus fort des combats,
Élevant seulement ses mains pleines de gloire,
Obtenait la victoire.

J'ai vu de puissants rois
Ligués contre l'Hébreu succomber à la fois,
J'ai vu la femme même
Accomplir du très-Haut les terribles desseins.

Le soleil s'arrêter par l'ordre des humains :
Tant reçoivent d'honneur ceux que le Seigneur aime!

Puisses tu ne jamais
Oublier ces bienfaits,
O peuple des miracles!
Tu foulas sous tes pieds les amis des faux Dieux :
Conserve en ta mémoire et mets devant tes yeux
Et la foi d'Abraham et tous les grands spectacles
Dont ton père et toi-même avez été témoins!
Enfant de tant de saints, race heureuse et choisie,
Tu ne peux faire un pas au sein de la patrie
Sans adorer un Dieu fidèle à tes besoins!

J'aimerais m'entourer des plus pures images :
Au lieu de retracer le vice et ses ravages
De montrer l'homme en guerre avec son créateur
Et tombant par l'orgeuil comme a succombé l'ange,
Je voudrais voir partout la vertu sans mélange,
Voir les peuples soumis et louant le Seigneur.

Cet accord admirable orne une autre patrie,
Le ciel en connaît seul la douceur infinie,
Il ne répand sur nous qu'une faible lueur :
Quand Abraham fidèle à l'ordre de son maître,
S'empresse de quitter les lieux qui l'ont vu naître,
Et quand, d'une humble foi goûtant tout le bonheur,
Il voit descendre à lui l'éternelle lumière.
Quand a son Dieu sa main aurait livré son fils,
Déjà ce même Dieu n'avait que peu d'amis,
Déjà l'erreur allait couvrir la terre entière.

Plus tard, cet Israël comblé de tant de dons
Se sépare lui-même
Du Tout-Puissant qui l'aime,
Imite les excès des autres nations
A la voix de ses rois adopte un culte impie,
Et roule dans la nuit de son idolâtrie.

Chez un peuple choisi quels affreux changements !
D'Abraham et Joseph sont-ce là les enfants ?
Éphraïm a voulu connaître aussi le crime,
La faim et l'anarchie arriveront à lui :
De ses fautes en vain, malheureuse victime,
De secours étrangers il mendiera l'appui.
Le Seigneur enverra la terreur sur sa voie
Faible agneau délaissé dans de vastes déserts,
D'un conquérant superbe il deviendra la proie,
Et sa fin servira d'exemple à l'univers !

Juda prête l'oreille, entends gronder la foudre,
Instruis-toi par ton frère, apprends que Dieu toujours
Rejette l'orgueilleux comme une vile poudre !
Le ciel a de tes ans daigné bénir le cours
Au temps où tu servis le seul Dieu véritable
Le glaive dans tes mains se levait redoutable,
Ou d'une heureuse paix
Tu goûtais les bienfaits !

Mais j'entends sur les monts la plus douce harmonie,
Elle élève mon âme et de cette autre vie
Dont on s'enivre au ciel
Et qui n'a plus d'orage.

Déjà mon cœur se forme une brillante image.
Il me semble approcher de ce sublime autel
Où l'archange, éprouvant une immortelle extase,
De l'amour de son Dieu se nourrit et s'embrase.

Où suis-je ? aurais-je vu briser tous mes liens ?
  Non : seulement la terre
Où mon esprit s'élance au-dessus du tonnerre,
Où mon âme déjà croit saisir les vrais biens,
A reçu du Très-Haut l'heureuse préférence :
Là son culte est connu, son nom est exalté,
  Là se forme en silence
Un peuple qui toujours espère en sa bonté,
Qui l'aime dans la nuit comme à l'heure prospère,
Et qu'il accueillera comme un généreux père.
Ce peuple est la beauté des enfants de Jacob.
Ici-bas il a bu dans la coupe de Job ;
La foi pourtant lui montre une lumière amie :
Elle étendra partout ses rayons bienfaisants,
Et nous l'invoquerons sous les noms les plus grands,
De fils de l'Éternel, et de fils de Marie !

  Ces élus du Seigneur
Pour ami, pour modèle ont suivi le prophète ;
Il veulent le servir et le mettre à leur tête,
Il aiment écouter ses chants pleins de douceur.
Souvent même, imitant les accords de sa lyre
Ils reçoivent de Dieu le feu qui les inspire.

Mais appelé du ciel à de plus hauts destins,
Leur maître ose paraître au milieu des humains :

Ses sévères leçons qu'un zèle pur anime,
Il les annonce aux rois, les annonce aux sujets,
Il agite la foudre au-dessus des palais.
Il venge l'innocence et fait trembler le crime.

D'objets plus grands encor son âme se remplit :
Il voit naître et périr des cités florissantes,
Pleure Jérusalem qui tombe et s'avilit
Par des iniquités sans cesse renaissantes.
Oh ! quel amour le presse, oh ! combien sont touchants
Ses cris sur les malheurs de cette ville ingrate !
        Près des bords de l'Euphrate
        Consolant ses enfants,
Il partage avec eux le pain de la tristesse
Et puis avec transport nomme un libérateur
        Du sein de sa douleur
Solyme se relève et goûte l'allégresse.

O Solyme, ô Sion, ô lieux chers à mon cœur,
O temple qui du ciel retraçait la splendeur.
De l'enfant d'Abraham et l'orgueil et la joie,
Ravagés de nouveau qu'êtes-vous devenus ?
A mes yeux attristés vous ne présentez plus
Qu'un passé sans présent, et le reste de proie
Qu'un ennemi féroce abandonne après lui.
Quel étrange forfait vous laissa sans appui ?
Quelle main remporta cette triste victoire ?
Je vais en rappeler la déplorable histoire.

Ce sauveur digne objet de tant de vœux fervents,
Qui devait renverser tous les dieux impuissants

De l'humaine folie,
Cet astre au doux éclat, cette source où les cœurs
Trouveraient l'avant-goût de la céleste vie,
Ce médecin promis à toutes les langueurs,
Dans les champs de Judée avait daigné paraître
En lui s'accomplissaient des oracles fameux :
Son temps et son berceau, sa mère et ses aïeux
Tout de l'homme humble et pur le faisait reconnaître.

De ses lèvres coulait l'aimable vérité :
  Il appelait un père
  Le Dieu de majesté
  Qui commande au tonnerre.
Il demandait l'amour par de nombreux bienfaits :
Le repentir sincère éprouvait sa clémence.
Près de lui l'affligé sentait naître la paix,
Le malade guéri bénissait sa puissance.

Sans orgueil, sans travail, sans un ton solennel,
  Il opérait tous ces prodiges.
Était-ce l'imposteur qui cache ses prestiges,
Était-ce un autre Élie ayant besoin du ciel,
Obligé d'élever une voix suppliante
Pour rendre du vrai Dieu la cause triomphante
Non : pour lui, sa parole avait de prompts effets.
La mer et le trépas, le ciel et la nature
Venaient tous à l'envi se montrer ses sujets,
  Et si parfois sa bouche pure
Au sein de ses amis prononçait quelque vœu,
Il apprenait comment l'on doit parler à Dieu.

C'était bien là son fils, celui que le père aime.
Fils en tout son égal, fils un autre lui-même,
C'était lui que David appelait son Seigneur,
Dont du sein de Dieu même il chanta la sortie.
            Et c'est lui qu'Isaïe
Proclame de la mort le glorieux vainqueur.

Jérusalem eût dû par des larmes amères
Expier à ses pieds ses longs égarements
Il était temps encor : Dieu, le meilleur des pères,
Cherchait par la douceur le cœur de ses enfants.
Que n'a-t-elle écouté les accents de tristesse
Que Jésus exhalait sur ses prochains malheurs
Que n'a-t-elle du ciel aux dernières rigueurs
            Préféré sa tendresse !

Hélas ! elle a dormi de ce triste sommeil
Dont la guerre et l'effroi sont toujours le réveil,
Sur le bord de l'abîme, elle élevait la tête
Comme aux jours où David rendit ses fils heureux,
Elle a trempé ses mains dans le sang du prophète,
Aux plus hautes leçons elle a fermé les yeux.
Soleil, un nouveau crime a souillé cette terre,
Mérite-t-elle encor ta brillante lumière,
Cache-toi, fais régner la plus profonde nuit !
Oui, plus que ses aïeux le Juif est infidèle,
Je le vois mépriser l'Homme-Dieu qui l'appelle,
Je l'entends à sa mort applaudir avec bruit.
Passant, voilà pourquoi les phalanges romaines,
            Ministres du grand Dieu,

Ont apporté jadis et le fer et le feu
Aux lieux où , maintenant, rêveur tu te promènes !

Pour l'homme aux grands pensers, pour le chrétien pie
Cette plage célèbre a conservé des charmes :
     Il y sent de ses yeux
     Couler de douces larmes ,
     Il y voit le berceau
     De l'enfant de Marie,
Et l'Ange célébrant ce prodige nouveau
Lui fait des saints concerts goûter la mélodie.

     Dirai-je son bonheur
A visiter les lieux où marcha son sauveur,
Les monts d'où s'élevait sa prière brûlante :
Comme après les ennuis d'un rigoureux hiver
Vous aimez un ciel pur et le baume de l'air,
Comme on chérit l'abri de la feuille tremblante ,
Comme on goûte le miel, à chaque souvenir
Ainsi le voyageur recueille un saint plaisir.

Mais, dès qu'il a touché le sommet du calvaire ,
Il frissonne, son cœur s'épouvante et se serre ;
Il porte comme un poids les crimes des humains :
Il lui semble en l'effroi dont son âme est atteinte
     Que la montagne est ceinte
De célestes guerriers, glorieux séraphins
Qui du maître éternel environnent le trône,
Il voit du ciel ouvert sortir le bras qui tonne.

Dieu bon, laisserez-vous plongé dans la terreur
Ce mortel repentant, cet humble serviteur ?
Longtemps il a prié, prosterné contre terre,
Il pleure mais il sent qu'il implore son père ;
Il sent qu'il est au ciel un ami consolant
Dont la main peut toujours retirer de l'abîme,
Il sent qu'il est lui-même où la sainte victime
    Mourut en pardonnant.

PRIÈRE.

En vous seul, ô Seigneur,
     Réside le bonheur ;
Délicieux trésor de vie et de lumière,
J'aime à lever vers vous mes regards suppliants :
     Souvent vos rayons bienfaisants
     Sont venus charmer ma paupière
     Un nouveau jour de peine a lui ;
     Ma bouche vous implore :
     Mon Dieu, soyez encore
Et l'ami de mon âme et mon meilleur appui

Vous êtes, ô mon Dieu, la douceur elle-même
Vous daignez vous offrir à l'âme qui vous aime :
N'êtes-vous pas un père ici-bas comme au ciel,
N'est-ce pas vous aussi qui donnez à l'abeille,
Dès que le point du jour la réchauffe et l'éveille
     Les gouttes de son miel ?

     On a vu le prophète,
     Rempli d'un saint amour,
S'éloigner en esprit de ce triste séjour,
Et demander au ciel son immortelle fête.

Nourrissant dans leur cœur l'espoir des biens promis,
Pour votre nom l'apôtre a bravé les périls,
Le prêtre s'est armé de zèle et d'innocence,
La vierge vous a pris pour son unique époux.
Le pécheur a béni votre douce indulgence,
Et le martyr joyeux expira sous les coups.

Voilà de votre grâce et la force et les charmes :
Baume réparateur, elle adoucit les larmes.
Elle encourage l'âme et la fait tendre aux cieux
Ah ! laissez-moi goûter à ses chastes délices,
          Médecin généreux.
Couvrez d'huile et de vin toutes mes cicatrices

Si je n'ai pas l'amour du disciple chéri.
Si je n'ai pas pleuré sur ma propre faiblesse
Comme a fait devant vous l'illustre pécheresse,
Si, contre les dangers faiblement aguerri,
Je n'ai pas repoussé de moi toute souillure,
Pardonnez, ô Seigneur, à ma pauvre nature

Du moins, au sein d'un monde ennemi de ma foi.
Ma bouche n'a jamais attaqué votre loi :
Encore enfant, j'ai fui ces doctrines impies
Qui dégradent des cœurs que vous fîtes pour vous :
Souvent devant la croix immobile à genoux.
Je recueille avec paix vos bontés infinies.

De la source où David a puisé ses vertus
J'ose approcher moi-même une lèvre timide.

Et prenant ce saint roi pour mon maître et mon guide
Méditer après lui les pensers des élus.
De ses sublimes chants j'aime enivrer mon âme,
En l'écoutant c'est vous dont j'adore la voix :
Auteur de ses transports, son amour et sa flamme,
Vous parlez aux humains par le meilleur des rois.

Vous m'avez prévenu par d'abondantes grâces,
Nourri du doux bienfait qu'on goûte à votre autel,
Brûlez de mes péchés jusqu'aux dernières traces,
Et faites que mon âme un jour vous aime au ciel !

MA JEUNESSE.

Au sein de mes bosquets, lieux où la tourterelle
Épanche vers le soir sa joie et son amour,
Après de saints travaux, j'ai fini plus d'un jour
En cherchant pour ma lyre une gloire nouvelle

Là je me suis choisi sous un riant couvert
Pour l'ami du silence une aimable retraite :
Une eau vive murmure au pied de mon désert,
Et l'oiseau se balance au-dessus de ma tête.

Exhalant ce qu'un cœur doucement excité
Recèle en lui d'amour de vie et d'innocence,
En de semblables lieux plus jeune j'ai chanté
Les fêtes du hameau, les plaisirs de l'enfance.

Qui me redonnera ces pipeaux bienfaisants,
Si légers sous mes doigts si chers à mon village ?
A mes premiers essais, à mes tendres accents
N'ai-je pas vu Daphnis rendre lui-même hommage ?

Qui me redonnera ce luth plein de douceur,
Cet oubli de l'exil et l'heureuse folie

Que la fable puisait aux eaux de Castalie.
      Cette sublime erreur
Qui rompant les liens d'un corps fils de la terre,
Me portait comme l'aigle au-dessus du tonnerre
Alors, un feu secret allumant tout mon sang,
D'une céleste ardeur je subissais l'empire,
Et de mortels choisis, des maîtres de la lyre.
Novice ambitieux, j'osais briguer le rang.

Que n'ai-je toujours bu cette pure ambroisie.
      Depuis, autant de miel
      Ne m'est venu du ciel,
Depuis, mon âme eut soif d'espérance et de vie.

Toi donc qui consolais mes nombreuses douleurs,
Toi dont la douce main essuya tant de pleurs.
Muse du ciel, ô toi qui mets ton espérance
Où l'âme ne sait plus qu'aimer et que jouir,
Ranime de tes feux ma mourante existence,
Ou bien ouvre une issue à mon dernier soupir.

Peut-être à la colline où ton instinct me guide
Quelque grappe échappée à l'œil du vendangeur
      Attend ma main timide.
Peut-être le gazon cache encore une fleur.
Et peut-être en mon sein un reste de jeunesse
Ne veut pour son réveil qu'un mot de ta tendresse.

Viens, je vais rappeler de touchants souvenirs :
Oublierai-je le jour où quittant ma patrie

J'arrosai de mes pleurs une tête chérie,
Ce jour où finissaient tant d'innocents plaisirs.
Loin de mon toit natal, je fus ce fils d'Ulysse
Qui surtout vers la nuit contemplait dans son cœur
L'image de son père accablé de douleur
Et d'une âme sensible éprouvait le supplice.

Là, toujours mon Ithaque était mon univers :
Les traits d'un frère orné des grâces de l'enfance,
Le vol de mon génie encore à sa naissance,
Mes amis les plus purs, mes maîtres les plus chers
Paraissaient devant moi comme une ombre trompeuse.
Oh ! combien j'ai senti le besoin de mon Dieu,
Combien de fois j'aimai, caché dans le saint lieu
Murmurer les secrets d'une âme malheureuse

Souvent seul, le poëte adopte les abris
Où fuit une eau limpide, où gémit Philomèle,
J'observais la nature, amant toujours épris
Des nouvelles beautés que je voyais en elle :
Je ne me lassais point de contempler les cieux,
D'adorer l'Éternel, de répandre mon âme,
Et je sentais en moi une céleste flamme,
Le désir du séjour où l'on n'est plus qu'heureux.

J'errai longtemps au pied de ces antiques chênes
Que chérirent Penthièvre et ses heureux vassaux
Je m'y suis entouré des plus riantes scènes,
Et de l'humble Gesner j'empruntai les pipeaux.

Parcourant librement ma superbe retraite,
J'y goûtai les douceurs d'une secrète fête :

Tantôt je voyais fuir des biches et leurs faons,
Je savais leurs vallons et leurs sources chéries,
Tantôt j'interrompais de douces rêveries
En donnant à l'écho mes timides accents ;
Ainsi la solitude, aimable et tendre mère,
Répandit sur mes maux un baume salutaire.

J'ai connu le séjour du Salomon français,
De ce temple de l'art j'admirai les merveilles ;
Sous ses pompeux arceaux, j'ai médité les veilles
Des héros, des savants que reçut ce palais :
Je pensais même voir les rayons de leur gloire,
Comme un astre éclatant, m'environner de feux,
Je pensais contempler leurs fronts majestueux,
Frappés de la grandeur qu'imprime la victoire.

Vous aussi qu'un vieux barde * a chantés plein d'amour
Frais vallons près desquels il avait vu le jour,
De mon humble cité paisible voisinage,
Je voudrais que mes vers, fidèle écho du cœur,
Devinssent immortels et dissent d'âge en âge
Combien mes jeunes ans vous durent de bonheur.

J'ai chéri votre cours, eaux de l'Huisne d'Arcisse ;
J'ai rêvé sur vos bords et contemplé près d'eux
Tantôt la fleur naissante et l'or de son calice,
Tantôt l'arbre élevant sa cime vers les cieux.
Mon cœur idolâtrait ma seconde patrie :
Que de fois j'ai foulé ses superbes côteaux,

* Remi Belleau.

Senti sur leurs sommets plus de force et de vie,
Et réjoui mon œil de leurs mille tableaux.

Mon âme n'aura plus cette pure allégresse ;
Adieu moments témoins de ma plus douce ivresse,
Adieu bel horizon où planait mon esprit !
Ce temps d'un autre sang semble brûler nos veines,
C'est un âge de feu, de délice, et de peines,
Un ciel même où le jour en naissant nous sourit !

Oh ! son lever nous trompe, il ressemble au nuage
Faible et léger d'abord et recélant l'orage :
La jeunesse est cet aigle au vol impétueux,
Ne se lassant jamais d'étendre son empire :
Sans cesse son cœur bat du désir d'être heureux,
Sur toute volupté se jette son délire.
Il faut pour la calmer la main du créateur :
A son cœur qui s'égare il faut qu'une lumière
Découvre le sentier qui conduit au bonheur,
Il faut pour ses transports la paix de la prière.

Je l'éprouvai moi-même au jour de mes combats,
Quand mon âme un moment appelait une autre âme,
Quand pour mes os brûlés d'une cruelle flamme
Je cherchais un bain pur et ne le trouvais pas,
Grâces à vous, Seigneur, j'appris de mon saint maître
Le remède à mes maux, la grandeur de mon être.
Les yeux remplis de pleurs, j'abordai votre autel,
Tremblant, je vous offris mes vœux et ma misère
Mon humble voix gagna votre trône éternel,
Et, le cœur consolé, je vous nommai mon père

Malgré la douce paix que donne votre loi,
Les attraits par lesquels la vertu nous captive,
Je craignis, ma faiblesse, il était bon pour moi
D'occuper fortement mon âme trop active :
Je suivis au désert Moïse et ses Hébreux,
Je méditai ses lois et ses pieux cantiques ;
D'autres chantres divins les accords magnifiques
Ébranlèrent mon âme et m'ouvrirent les cieux.

J'avais déjà connu la douceur de la lyre,
J'avais soumis mes sens à son aimable empire,
Et, me prenant la main, l'Imagination
M'ouvrit ses palais d'or et ses douces retraites :
La fable y possédait son Dieu, son Apollon,
Ses Muses, ses pasteurs et ses fameux poëtes.

Quelque temps en ces lieux je me suis arrêté ;
Bientôt mon âme appelle une autre nourriture,
Bientôt mon œil ardent cherche la vérité.
Propice, elle s'approche avec sa beauté pure :
Olympe alors cessa de faire mon bonheur,
Tempé ne me vit plus errer comme l'abeille,
Mais au Dieu d'Abraham je consacrai mon cœur,
Et de célestes chants charmèrent mon oreille,

Quand mes jours seraient longs comme les premiers jours
De Sem et de Noé quand j'atteindrais la vie,
Vous que j'ose appeler mes pudiques amours,
Temple de l'Esprit-Saint, aliment du génie,
Vous sombre Ézéchiel, vous homme de douleur
Qui versiez sur Sion des larmes abondantes,

Vous surtout dont le vol offre plus de grandeur,
Et qui, nous élevant sur vos ailes puissantes,
Nous jetez éperdus aux pieds de l'Éternel.
Fils d'Amos qui sur l'homme exercez tant d'empire,
Jamais je n'oublierais ce qu'un pauvre mortel
Vous a dû de bonheur et de pieux délire.

Comme un fleuve profond descendent mes récits.
Ils ont même pour moi l'attrait d'une victoire :
Il me semble, à cette heure où parle ma mémoire,
Reprendre sur le temps les biens qu'il m'a ravis.
Me seriez vous rendus beaux jours de ma jeunesse,
Mon front est-il encore embrasé de vos feux,
Ou, secouant le joug de ma longue tristesse,
Entrant dans l'avenir, suis-je sous d'autres cieux ?

Doux espoir ! si jamais, le Dieu que j'aime, envoie
En un cœur affligé sa lumière et sa joie,
On ne me verra plus me mêler aux enfants,
Et revenir sans cesse au printemps de la vie.
Non, j'irai transporté d'une heureuse manie,
Aux rives du Jourdain puiser de nobles chants
J'aimerai, comme l'aigle, armé d'un saint courage,
Atteindre le Liban, visiter le Carmel,
Prier où le Seigneur acheva son ouvrage,
Et, vivant pour lui seul, goûter la paix du ciel.

LE POETE CHRÉTIEN.

J'aime l'air libre et pur que l'on respire aux champs,
L'aspect de mon ruisseau, la paix de mon bocage,
Le vallon terminé par un humble village,
Et surtout les coteaux où s'animent mes chants.

S'embrasant comme un char et sentant sa puissance,
Mon âme s'y crée un horizon immense ;
Elle y voit les cités et les peuples divers,
Leurs rois, leurs vains travaux, leurs discordes sanglantes ;
Elle franchit les rocs, et planant sur les mers
S'approche avec respect de leurs eaux mugissantes,
Admire leur limite, ou bénit leur azur.
Pourtant ces grands objets ne peuvent lui suffire :
Ce qui n'est que fini n'a point de bonheur sûr
Et l'homme est un passant dans ce fragile empire.

Mon regard s'en détache et demande le ciel.
Soudain a disparu le séjour du mortel,
Un monde plus parfait me découvre sa gloire :
Mon âme en s'élevant arrive aux bienheureux,
Goûte ce dont saint Paul chérissait la mémoire,
Tout ce qui peut ravir et l'oreille et les yeux.

Elle adore ce Dieu qui fait trembler les trônes
Et décerne aux élus d'immortelles couronnes.
C'est lui qu'errant encore en ce vallon de pleurs
Abraham adorait couché dans la poussière,
Dont Moïse n'osa soutenir la lumière
Et le Sina fumant reflétait les splendeurs.

Le Seigneur, si je l'aime, accomplira ce rêve ;
Son souffle m'anima dans une fille d'Ève,
J'en eus ce don meilleur que les dons d'ici-bas.
Le sentiment profond d'une haute origine,
Aussi loin de tous bruits aimant porter mes pas,
J'entrevois par instants la lumière divine.

En paissant leurs troupeaux, en ouvrant les sillons,
Nos pères autrefois bénissaient ses rayons ;
Ses feux les pénétraient d'amour et d'espérance :
Ils éclairèrent Job sur son lit de douleurs,
D'Adam et de Joseph adoucirent les pleurs,
Et le monde en naissant connut la Providence.

Providence, âme, cieux, vie, immortalité,
Que vous avez pour moi de charme et de beauté !
Quelle propice main vous unit à mon être ?
Toujours je vous retrouve en entrant dans mon cœur ;
N'êtes-vous point le mot de ce généreux maître
Qui, m'adoptant pour fils et voulant mon bonheur,
De ce qui n'était pas fit sa vivante image
Et de lui-même alors a rempli son ouvrage ?

En vain l'homme voudrait s'isoler de son Dieu,
Il recèle son nom comme un caillou le feu,
Ce nom, sans qu'il le veuille, échappe à ses entrailles :
Il monterait en vain au trône de Xercès,
Serait, nouveau César, vainqueur en cent batailles,
Verrait le monde entier couronner ses succès,
Son cœur toujours plus grand dédaignerait la terre !
Cette âme qui conçoit, qui pense et vit d'amour
Aura-t-elle une place au-dessus du tonnerre,
Pour une éternité périrait-elle un jour ?
Mère de la pensée, elle est simple comme elle,
Tout l'occupe, et les cieux, et la terre, et les temps ;
Mais surtout l'avenir est l'un de ses tourments
Elle sent sa nature et se nomme immortelle !

Ainsi l'âme doit vivre et vivre de son Dieu.
Heureux l'homme fidèle embrasé de ce feu
Qui jadis au Sina dévorait le prophète.
On dit qu'en cette nuit si pleine de grandeur
Où près de lui passa la gloire du Seigneur
Humblement jusqu'à terre il inclina sa tête.
De la crainte et l'amour recevant tous les coups,
Il soupirait alors la plus humble prière :
« Dieu de tous, ô Dieu saint, Dieu vérité, lumière,
« Qui pourrait sans votre aide exister devant vous ?
« Déjà j'entends, je vois la foudre redoutable,
« Elle atteint des pécheurs les derniers descendants ;
« Vous faites grâce aussi, votre main secourable
« Enivre de ses dons d'innombrables enfants.

« Sur la crainte en mon cœur l'amour l'emporte encore.

« Épargnez, Dieu clément, l'homme qui vous adore ! »

Sans doute ce mortel à qui s'ouvraient les cieux
Voyait dans ce moment tout ce qu'ont vu nos yeux,
      Les travaux du Messie.
Le fils de l'Éternel pauvre et souffrant pour nous,
Il adorait la croix d'où découle pour tous
      Un sang qui purifie !

Mon Dieu ! que de bonheur à lire votre loi,
Que de charme à descendre aux sources de ma foi !
Avec elle, je touche aux premiers jours du monde
Les premiers saints par elle ont été nos amis.
Je m'arrête au Thabor : là je vois réunis,
Près du Dieu qui créa le ciel, la terre, et l'onde.
Et le vieil Israël et l'homme dont la voix
Ébranla l'univers et fit aimer la croix !

NOTES.

MA DERNIÈRE ANNÉE DE COLLÉGE.

Mars, année 1823.

A MON ANCIEN PRINCIPAL.

MONSIEUR,

Je vous envoie un élève avec d'autant plus de plaisir que je m'adresse à celui qui fut mon maître. Si le souvenir des premières jouissances est le plus doux, la pensée de ceux qui présidèrent au matin de la vie n'est pas non plus sans charmes. A côté des plaisirs dont il fut témoin paraît toujours le maître, et, bien qu'alors un petit désir d'indépendance rendit parfois sa présence importune, depuis, la raison n'a plus laissé que la reconnaissance : aussi l'homme sensible le place bien près des auteurs de ses jours. Je ne puis résister à l'envie délicieuse d'étendre ma lettre. Combien de fois la pensée du collége de Nogent n'a-t-elle pas fait naître le sourire sur mes lèvres! Je me vois souvent dans votre cabinet luttant contre de jeunes étrangers et contre un enfant du Perche dont le teint frais et l'air riant décelaient le sol natal et l'aimable caractère. Vous offriez à notre imagination une variété de sujets qu'elle idolâtrait. Tantôt notre conclave se transformait en un tribunal auguste où le Gascon, le Normand, le Breton, et l'habitant de l'Ile de

France, peuples rivaux, venaient exposer leurs titres.
Tantôt nous prenions la place de l'épouse du chef des
peuples, et nous montrions à celui-ci les suites funestes du
meurtre d'un Bourbon (le duc d'Enghien). Ici, sur la
pente d'une colline, ou sur les bords fleuris d'un ruisseau paraissait un berger : nous aimions essayer ses pipeaux, nous voulions répéter ses chants de joie. Quelquefois, pour se faire adorer des mortels, la vérité prenait
sous nos mains un vêtement agréable. Dans son élan,
notre petit génie parcourait les temps, volait de sujets en
sujets, heureux de mêler l'utile à l'agréable. Souvent nous
fixions nos regards sur le spectacle si varié, si grand qu'offre la nature ; et, quand, émus par lui nous surprenions
sur nos lèvres une pensée neuve, ou à laquelle une tour-
nure habile donnait un air de nouveauté, nous éprou-
vions au fond de nos cœurs le doux plaisir de l'invention ;
le visage rayonnant, l'œil en feu, nous nous écriions :
« J'ai puisé dans l'immensité à une place inconnue ! »
Pauvres enfants, sur les bords d'une vaste mer, nous
nous croyions à son extrémité.

A présent, un long vêtement noir et le titre de pasteur des âmes rendent peu reconnaissable celui que
vous avez vu si jeune : il est pourtant une gaîté pure
et compatible avec mes fonctions ; elle se manifeste
chez moi quand je m'approche de mes amis, ou de
personnes qui, comme vous, me retracent d'agréables
souvenirs...

A L'UN DE MES ÉLÈVES.

Fin de 1824.

Mon ami,

Les deux lettres qui me sont venues de votre ville m'ont réjoui. Je savais que mes enfants n'avaient pas trompé mes espérances ; l'un d'eux surtout montrait un esprit pénétrant, un jugement sain qui quelquefois m'étonnait, je ne laissais pas d'attendre impatiemment quelques lignes de leur part. J'ai lu avec empressement celles que j'ai reçues ; ma position m'habitue à nommer mes *frères* et mes *enfants* ceux à qui je montre la douce voie du Seigneur. Jugez de l'intérêt que je porte à vos deux élèves. Ils aimaient ma maison comme on aime le toit d'un père ; ils n'oublieront point, j'en suis sûr, ce clocher d'Happonvillers sous lequel ils reçurent des leçons mêlées à de si doux délassements. Souvent je tempérais l'ennui des premières difficultés par un peu d'indulgence. Déjà même je tirais le voile de l'avenir, je voyais deux prêtres commencés par moi ; on appelait deux de mes enfants les amis du Dieu bon et du pauvre etc. , j'éprouvais la joie la plus douce. Puissent-ils se rappeler à toujours ce peu d'instructions sur leur position future que je leur donnais, j'avais d'abord cherché leurs cœurs, on écoute mieux celui qu'on aime.

Je suis sensible à l'ajouté qui suit leur lettre : Je re-

mercie M le Principal de l'honnêteté qu'il a d'augmen-
ter lui-même mon contentement.

Et vous, mon ami, vous n'avez pas manqué à cette
agréable réunion. Puisque j'en trouve l'occasion, je vous
dirai que j'ai su vous distinguer au milieu de mes autres élèves. Quand je vous ouvrais une de ces pages où
le génie a mis son cachet, quand je vous lisais de ces
morceaux où la beauté du style est unie à la hauteur des
pensées, où l'enthousiasme brûle, je voyais sur votre
front et dans vos yeux le sentiment profond que vous
éprouviez. Ces essais mêmes où votre faible main laissait
les incorrections de l'enfance m'intéressaient par quelques étincelles. Je me disais : « Mon maçon * est encore
« jeune ; mais un jour ses constructions ne seront pas
« indignes de nos regards. » Continuez d'aimer les lettres
elles offrent à l'homme un noble délassement, elles donnent au prêtre un degré de plus d'élévation qui joint à sa
mission de charité l'entoure de tous les respects. Toute-
fois il est bon à un ecclésiastique surtout de ne suivre les
muses qu'avec bien de la réserve. Ces sœurs tant vantées
sont habiles à séduire et se sentent toujours un peu de
leur origine. Elles donnent un plaisir quelquefois déce-
vant ; elles ont l'art funeste de nourrir et d'étendre l'a-
mour-propre d'autant plus dangereux qu'il semble plus
naturel. Elles diminuent cette activité bienfaisante l'âme
de notre ministère, trop peu retenues, elles nous familia-
riseraient plus avec des pensées de légèreté qu'avec notre
sainte religion même. Pardonnez-moi ces réflexions ; un
peu d'expérience, et l'attachement si sincère que je vous
porte me les ont inspirées. Deux frères marchent ensemble dans une voie semée de périls, le plus âgé fixe sans
cesse son compagnon et tremble pour lui, vous me com-
prenez, j'ai fait de même.

* Allusion au nom du jeune professeur.

Vous savez quelles beautés jaillissent de nos livres saints, à la première vue ils sont simples, mais tout ce qu'on ne peut qu'admirer s'y lit. L'hymne des douleurs sort du cœur de Job et de Jérémie, leurs accents sont tristes comme le sable du désert. Voulez-vous des idées riantes ou sublimes, monter aux cieux, contempler leur roi, révérer sa puissance et bénir sa bonté ? Ouvrez David. Vous citerai-je Isaïe ? Député du Dieu des vengeances, il rompt la nue, il vous montre la main qui tient la foudre, elle étincelle ; il jette un cri vers la terre : « Vaisseaux des mers, poussez des hurlements.... poids sur Babylone, poids sur Tyr... » Il jette un cri, ces cités ne sont plus « Ici la terre recouvre sa jeunesse, les pleurs « ont cessé, les fleurs éclosent, la nature à souri : un « jeune enfant, l'admirable, le Dieu fort, le père du siè- « cle futur, le prince de la paix, un petit enfant nous « est né. » Reconnaissez-vous Isaïe ? Un moment calme comme les lions qu'adoucissait Orphée, assis un moment sous un ciel pur et près d'une rive attrayante, il vous disait le Sauveur, il exprimait la joie d'une âme sainte. Semblable encore à ces lions, il se lève, il bondit, il rugit, il court, où va-t-il ? Il a vu le Seigneur assis sur son trône, entouré de sa gloire, ses lèvres sont purifiées, elles s'ouvrent. Écoutez : « Le Seigneur, le Dieu des armées fera sécher les forts « de l'Assyrie ; sous la gloire de son roi, un violent « incendie s'allumera..... La gloire de cette forêt, de « ce Carmel, sera consumée, l'armée sera dévorée jus- « qu'au dernier os, Assur fuira dans sa terreur. Le nom- « bre des arbres échappés à la flamme sera petit, un en- « fant les comptera. » (*Is.* c. 10.) Maintenant sa voix s'adoucit, le bonheur de sa patrie le pénètre : Jérusalem est une mère heureuse, une reine que l'éclat, que mille hommages environnent, les peuples et les rois sont à ses pieds. Je ferme Isaïe : l'office de l'avent vient de m'en laisser des impressions profondes : car c'est ce saint prophète que le prêtre a le bonheur de lire en ce saint temps, c'est lui qui, pour ainsi dire, est encore au milieu de nous, comme il fut au sein de la tribu royale, annonçant les miséricordes du Seigneur et nous donnant par détails son avénement. Si sur la terre d'exil vous avez trouvé dans la lyre une amie, montez la vôtre sur ce modèle. L'épée du Seigneur est placée sur nos lèvres, il faut combattre, il faut continuer de montrer à l'impie que nos livres saints ne sont pas ce qu'il pense ou plutôt ce qu'il dit : en eux la vérité est toujours belle comme la vérité, Dieu toujours y est Dieu ! Nourris de la lecture de la Bible, nous sentons que par elle notre âme tour à tour s'élève et s'abaisse, elle y contemple la grandeur de son Dieu, elle y voit à côté son propre néant. L'âme aussi s'y purifie, elle y devient meilleure, plus indulgente, et plus charitable. Elle en apprend que le Seigneur est saint, qu'il est bon, qu'il est riche en miséricordes ! Elle assiste au développement de ces attributs, et créée pour son Dieu, faite à l'image de son Dieu, elle ne se retirera point sans désirer et s'efforcer de lui ressembler ?

Croyez-moi, si ce désir de célébrité qui remue les jeunes cœurs et souvent les plus généreux battait le vôtre, résistez, la vie et tout ce qui s'y borne est une eau qui fuit, la gloire est une flamme qui brûle en s'échappant. Une vie d'humilité, de prière et de retraite est plus sûre et plus douce.

Vous nommez ma demeure une solitude ; sous un rapport, vous avez raison. Le prêtre retiré à la campagne ressemble aux religieux du désert, il s'approche un moment du monde, le console ou l'instruit, puis revient méditer seul les années éternelles. Mais, sous un autre rapport, vit-il seul ? N'a-t-il pas avec lui sa pensée, chaque jour enrichie de nouveaux trésors ? Son âme est dans un saint commerce avec la sagesse éternelle, il voit rouler les années et les interroge , il contemple , il juge leurs héros et leurs drames ; il en retire des impressions profondes, utiles à lui-même , utiles à ses semblables : le passé le détache du présent, l'avenir fixe ses regards.

Qui le croirait, le prêtre des campagnes peut varier ses plaisirs: chaque saison lui paye un tribut, et voici ce qui m'occupe à présent moi-même. Les ravages de l'automne m'ont rendu d'abord un peu triste, leurs progrès m'effrayaient. Mais un peu d'habitude adoucit tout, quelques jours écoulés , l'hiver même n'est plus aussi terrible. Je trouve du beau dans ce vent fort qui part du bout de l'horizon, bat les vieux arbres et plie les plus jeunes. Si je me promène dans le parc de mon village , je vois les nuages rouler au-dessus de ma tête , je vois tout passer comme eux , mais Dieu reste. L'étang placé devant ma demeure n'est pas sans intérêt ; il faut le voir dans un beau midi, retracer par des bulles de lumière les mille et mille rayons du soleil. Mais, au souffle des vents , il est soulevé jusque dans ses gouffres , son eau monte et noircit, ses vagues se pressent, se précipitent l'une sur l'autre , alors c'est la lame redoutée du matelot, c'est une petite mer ! Il y a un grand mois , je venais assez souvent contempler son développement , j'admirais la force, la puissance de l'eau. Je trouvais que Démosthènes avait eu raison de demander à cet élément des conceptions hardies, un style impétueux, une âme inébranlable. La crainte empreinte par le souvenir du déluge , renouvelée par tant de scènes nouvelles me paraissait trop fondée. Je ne me représentais pas toutes les suites de ces tempêtes. Je ne pensais pas que ce vent qui poussait à mes pieds quelques flots avait soulevé les mers, brisé des centaines de navires, que d'autres eaux se jetaient sur le nord, renversaient les forêts de la Sué-

de, passaient en grondant près de ses villes et portaient
la mort et l'effroi dans une des capitales de l'Europe. (St.
Pétersbourg.) Qu'elle est forte la main qui remue les entrailles de la terre et secoue les cités! Qu'elles sont pe-
tites les révolutions humaines, comparées à ce mouve-
ment de la nature qui, dans une nuit, dans un jour,
fait trembler les habitants de contrées aussi distantes!
A leur nouvelle, mon ami, le prêtre, et surtout celui des
campagnes, car l'isolement donne des pensées graves,
sent le besoin de se livrer à son Dieu: il faut un mur à
sa faiblesse. La paix de sa demeure lui devient plus douce, le peu qu'il a plus considérable; son âme sensible se
répand sur les malheureux épars, à l'imitation de son
Dieu.

Je m'arrête, j'ai pris avec vous une récréation assez
longue, cet entretien m'a soulagé. Adieu: au moment
de vos actions les plus pieuses, à l'heure de la prière,
après une confession humble, une communion fervente
pensez à votre maître et priez pour lui. Adieu

QUELQUES MOTS SUR LE PERCHE.

Beau pays qu'habite mon ami, combien de fois me détournai-je ne pouvant me rassasier de ton aspect ! Non loin de toi fut mon berceau, les pensées tristes m'ont assailli, j'ai craint de ne plus te revoir. Combien tu m'as paru variée, riante contrée du Perche ! Combien de dessus tes collines ton ciel m'a semblé doux ! Souvent, oui, souvent ma vue s'est prolongée jusqu'à tes monts lointains. Ainsi, quand, la première fois, je m'en éloignai, si jeune encore, j'embrassai, je serrai sur mon cœur, j'arrosai de larmes l'enfant, le frère aimé que j'allais quitter. Longtemps nous nous regardâmes, longtemps les échos attendris répétèrent : adieu mon frère ! Longtemps je détournai mes regards : que de monticules, hélas ! me dérobaient ma ville !

(1825. SOURRONNIER, œuvre inédite.)

Traversez en voiture un pays couvert de côtes, et vous ne serez occupé qu'à regarder, qu'à admirer. Ces plateaux élevés qui se succèdent si rapidement et dans lesquels, quand vous vous trouvez à leur niveau, votre regard se perd, sont pour vous une belle, une grande image de l'être qui seul est immense. On attribue généralement à Moïse le psaume 89 : C'est au pied, en face des monts de Judée que (dit un commentateur) l'âme de Moïse s'élève ainsi vers son Dieu : « avant la forma- « tion des montagnes, avant la création de la terre et « du monde, de l'éternité à l'éternité, vous êtes le Dieu « fort. *Priusquàm montes fierent.... tu es Deus.* »

PLAISIRS SIMPLES DE LA CAMPAGNE.

LE RÉVEIL DE L'ALOUETTE.

Avril 1825.

Il était deux heures du matin, je voyageais, ayant au-dessus de ma tête un ciel semé d'étoiles et la reine paisible des nuits. Les rayons faibles de cet astre épargnaient ma paupière débile et favorisaient ainsi le voyageur. Je faisais cette remarque à mon jeune compagnon. Mon âme se balançait avec amour dans le sein de la providence, comme l'enfant sur celui de sa mère. Nous attendions la lumière et nos yeux étaient fixés vers le levant qui commençait à blanchir; soudain le chant le plus propre à nous réjouir succédaux cris entrecoupés de la chouette. Une alouette part de terre et s'élève en modulant son hymne accoutumée. Surprise aimable! Nous nous arrêtâmes l'œil au ciel et le sourire sur les lèvres. Nous essayions inutilement de suivre en sa course aérienne l'oiseau dont le bonheur est de planer au-dessus des champs fertiles. Je ne sais quelle voix douce et sublime se faisait entendre, je ne sais quels sons arrivant à mon âme augmentaient sa vie, la lui faisaient aimer, et la pénétraient de plaisir, d'amour et du Dieu bon. La lune donnait encore un peu. J'aimais l'alouette, créature si petite, placée entre deux points opposés. le jour et la nuit: fidèle à son message, elle appelait l'homme à la prière, elle appelait l'homme au travail, elle s'élevait au créateur. le remerciait et lui disait : « Je fais mon « œuvre. » Sans doute ainsi, dans une nuit calme, des anges apparurent aux bergers de Béthléem, sans doute des voix aussi douces ont répété : « Gloire à Dieu au « plus haut des cieux, et sur la terre paix aux hommes « de bonne volonté. »

SOIRÉES DOUCES ET PURES.

Je me souviens des pensées d'un ami : « Pour l'âme
« religieuse, me disait-il. il y a dans ce qui nous entou-
« re une harmonie inspirante. As-tu jamais reçu dans le
« silence d'une rêverie pieuse le battement de la cloche
« lointaine ? Le soir surtout, qu'il a de charme! Il a je
« ne sais quoi de tendre et d'élevé qui fait méditer et re-
« garder le ciel, il se répand au-dessus des bruits de la
« terre comme la voix du grand Dieu qui voit tout au-
« dessous de lui. J'eus, m'a-t-il ajouté, j'eus en notre
« ville un autre ami que toi*. Le soir, nous aimions
« nous promener près du château qui la domine. Quel-
« que livre de Fénélon nous occupait, nous en prenions
« peu, puis nous méditions : c'était du miel qui nous
« flattait le goût. Là, que de saints désirs nous conçu-
« mes ! Combien nous semblaient ennuyeux ces chants
« profanes qui de temps en temps montaient jusqu'à
« nous, et troublaient l'aimable silence au sein duquel
« nous nous plaisions ! Parfois nous errions dans des
« lieux voisins de l'Huisne : son cours paisible nous re-
« traçait la vie calme de l'homme détaché du monde....»

(1825. ALIPE, œuvre inédite.)

* M. Lecomte, curé de Notre-Dame-de-Chartres.

JÉRUSALEM.

La terre des miracles mettrait fin à mon voyage : d'u-
tiles et de profondes émotions m'y subjugueraient, tout
y porte l'âme à l'éternité. Que de prodiges et de grands
exemples, que de prédictions, que de coups du Tout-
Puissant m'ont entouré de leurs rayons ! Arrêtez-vous
voyageur, silence et respect devant ce temple, il est bâti
au lieu même où la Vierge pure mit au jour le fils de
Dieu. Approchez de ce prêtre, descendez ces degrés, faible créature, chrétien pénitent, humiliez-vous, là même
devant vous et pour vous un Dieu voulut naître, faites
silence, prosternez-vous, adorez, les anges adorent !
Mais avant de gagner Béthléem, vous avez vu des monts
dont la vue vous inspirait une mélancolie profonde, des
penchants arides, encore empreints des sillons de la foudre. La stérilité qui vous entoure est l'image de la faim,
de la nudité d'un peuple que Dieu laissa. Un pas de plus,
une terreur religieuse vous a saisi. Jérusalem sort de
terre, elle s'est levée soudain comme une reine, mais
une reine au front triste, aux vêtements en lambeaux.
Maintenant que devenir moi-même ? Le lendemain d'u-
ne bataille, on foule avec effroi son théâtre sanglant,
mille pensées douloureuses vous ébranlent et vous tour-
mentent ; ainsi je contemplerais des murs dont les souvenirs ne sont jamais loin. Ces monts, ces débris d'une
cité florissante ne laissent pas de porter une majesté qui
vous effraye. Mon cœur se dilate, ma voix se perd en

sanglots, mon visage est baigné de pleurs sur ce sol à jamais cher au chrétien. Avec quelle componction et quel amour j'irais chercher les traces du bon maitre! que de fois ma bouche brûlante s'y collerait contre terre! Que de fois la poussière serait trempée de mes pleurs. Là! oui là, comme Arsène, j'offrirais à mon père céleste le repentir de l'enfant prodigue, j'appellerais de mes vœux, je sentirais dans mon être un délicieux attendrissement! Je frapperais ma poitrine : absorbé dans mes pensées, je descendrais le val de Josaphat, je voudrais, nouveau Jérôme, y attendre la régénération promise, de là jusqu'à ma dernière heure, je jetterais de temps en temps des soupirs et des cris. Pourtant à la fin, sur la terre rougie d'un sang pur et versé pour moi, sur la terre où mon Dieu mourut, un peu de confiance adoucirait ma crainte, je pleurerais.... le fils pleurant devant sa mère à son pardon.

(Souvestre. Œuvre inédite.)

DE DOMINO LOISEAU,

DUM VIVERET PAROCHO TIRONENSI.

ET CUJUS AMICITIA DELECTABAR.

Ardua Parnassi Luzelus non attigit unquàm ;
Altius at pietas Christi provexit amicum :
Pauper enim vates cœli penetralia lustrat,
Promere quique sacras solitus de pectore voces,
Angelicum bibit aure melos, nunc angelus ipse.

LETTRE

DE M. DE LAMARTINE.

MONSIEUR,

Vous me pardonnerez sans doute de n'avoir pas répondu plus tôt à l'aimable lettre que vous m'avez fait l'honneur de m'écrire, lorsque vous saurez que je l'ai reçue seulement à mon retour ici, il y a peu de jours. J'ai lu avec un plaisir véritable les vers pleins de charme et de sentiment que vous avez eu l'obligeance de joindre à votre lettre. Cette poésie intime, si rare de nos jours, est faite pour les âmes nobles et belles comme la vôtre, Monsieur, et ne pouvait manquer de me captiver. Permettez-moi donc de vous féliciter de ce que vous appelez si modestement un premier essai, et veuillez agréer l'assurance de ma considération la plus distinguée,

LAMARTINE.

Paris, 24 décembre 1834.

CHER CONFRÈRE ET BON AMI,

Je reçois avec reconnaissance vos gracieuses et charmantes compositions. Honneur au père de si aimables enfants! Ils sont sûrs d'être partout les bienvenus. Il est vrai que le suffrage de M. de Lamartine est pour eux un bien beau titre de recommandation; mais, je crois qu'ils pourraient fort aisément s'en passer : ils se présentent d'eux-mêmes avec tant de grâces qu'ils ne sauraient manquer d'être fêtés et accueillis par tous les amateurs de la belle nature. Aussi, sans être prophète, j'ose leur prédire le plus riant avenir ; et c'est de bien bon cœur que j'en félicite ici leur père, en attendant que quelque heureuse circonstance me permette d'aller l'embrasser et lui dire que je suis,

Son sincère admirateur et ami,   LANGLOIS

Aujourd'hui vicaire général de Chartres.

MON BON ET CHER AMI,

J'ai lu avec la plus vive satisfaction le recueil de tes doux vers, doux et purs comme ta belle âme dont ils sont la fidèle expression. J'ai reconnu ton cœur plus encore que ton esprit dans ces sentiments délicats, élevés, tendres et gracieux dont tes charmantes pièces sont remplies. S'il m'a semblé rencontrer çà et là quelques imperfections, *quas aut incuria fudit, aut humana parum cavit natura*, j'ai applaudi à l'ensemble, et je te félicite, sans flatterie, des succès que tu ne peux manquer d'obtenir auprès de tous ceux qui savent apprécier, comme toi, le beau et le bon. Tu m'as vraiment fait éprouver des émotions délicieuses. Quand j'aurai le doux plaisir de te revoir et de t'embrasser, je te montrerai en détail les endroits qui m'ont le plus touché. Tu sais, mon tendre ami, que je n'ai point non plus le cœur dur : nos liaisons de l'enfance en font foi. Que n'es-tu plus à ma portée ! Je t'irais visiter bien souvent, et je crois que nous nous serions de quelque consolation l'un à l'autre,

Je t'embrasse en toute tendresse, et suis véritablement,

Tout à toi.   BRIÈRE,

Aujourd'hui curé de Nogent-le-Rotrou.

VARIANTES.

LE SIÉGE DE VERDURE, vers la fin, page 20, strophe 31.

> Doux comme le ciel et les champs
> Au sortir d'une maladie,
> Doux comme me l'est au printemps
> La fleur la première cueillie.

———————

LE POÈTE CHRÉTIEN, après ce vers : Pour une éternité.....

Mère de la pensée, elle est simple comme elle.
Pourquoi, déjà si riches en nobles facultés
Va-t-elle à l'avenir à pas précipités ?
C'est qu'elle se devine et se nomme immortelle.

———————

TABLE

NOTES.